愚痴のすすめ

曽野綾子

Ayako Sono

第1章 老いゆくままに

第2章　愛とは与えること

第3章　逆境と愛の教育

第4章　安全な社会の残酷さ

第5章　ものごとには必ず裏がある

第6章　日本人はどこへいくのか

第7章　日本の生き残る道

本書は、産経新聞連載「小さな親切、大きなお世話」（２００８年３月～２０１５年９月）をまとめた『さりげない許しと愛』（海竜社刊）を大幅に加筆修正したものです。

本文中に記載されていることは、執筆当時のものになります。

デザイン　bookwall
装画　みやしたゆみ

第1章

老いゆくままに

「もう書けなくなりました」と微笑みたい

先日、「寿命」という言葉をしみじみと思い出した。

私は三十七歳の誕生日に『戒老録《かいろうろく》』を書き始めたくらいだから、老年になることを四十歳以前から考えていたのだが、死に方については、中年以後ずっと考えるのをやめていたのである。

理由は簡単だ。老い方は少し選べるかもしれないが、死に方は時期も方法も自分では選べないからであった。聖書の中にも、寿命は、ギリシャ語の「ヘリキア」という言葉で出てくるのだが、この「ヘリキア」もなかなか含蓄のある単語だ。それは「寿命」と同時に、「背丈」と、「その職業に適した年齢」という意味を持っている。これらは、人間の力では、どうすることもできないものとされてきた。人間個人の努力でも希望でも、動かせない要素ばかりだ。「なせばなる」ことの不可能なもの、死に先立つ運命である。

もっとも最近では人間の遺伝的な要素も、新しい細胞を作ることも、人為的にかなり変えられるようになったという。既に寿命そのものも、その職業に適した年齢という概念も変わりかけており、そのうちにもっと大きく変わるかもしれない。

スポーツ選手なども、その職業に適した年齢が昔と比べるとうんと延びたのだろう。食事の内容も変わったし、トレーニングの方法も進歩した。昔は、映画俳優は若い美男美女だという概念があったが、最近では多くの人が老年の名優として人生を完成する。

作家の仕事上の年齢は、昔からかなり長かった。しかし誰もが高齢まで書けるわけではない。

どの仕事にも、いつかはそれが終わる時がある。私はこの頃、肉体の死に先立つこの精神の死にも、あまり抗《あらが》わない方がいいと思うようになった。順序としては、まず感受性が徐々に死んでいき、次に肉体が死ぬのがいいのであろう。

耳、眼、鼻、舌などの器官が衰えてくるのは、外界から入るニュースの量が減ることを意味している。こうした器官のほかにも、興味がなくなるという精神の部分死もまだ若い時に始まる。

興味はあっても、肉体の疲労感がついていけない、と信号を発する時も必ず出てくる。しかし考えてみれば、すべての変化は実に見事な準備であり、前奏曲なのだ。

多分私はそのうちに書きたくなくなるだろう。その時私は見栄《みえ》を張って、「もう書かない」などと言うかもしれない。しかし実は「もう書けない」のである。そしてその時は必ずくる。

原則は一つだ。書けないときに無理をして書くことはない。どの仕事の分野でも同じだ。そうなっても多分、私は陽差《ひざ》しの中に座り、永遠の風の気配を感じることはできる。私は老年にふさわしく祝福されていて、私にはすることがなくなったわけではないのである。

もしできれば、今のような頑《かたく》なな性格を改めて、「私はもう書けなくなりました」と穏やかに微笑したいが、そううまくいくとは思われない。

会えないままに終える人間関係

いつのまにか四十年間も続けることになった海外邦人宣教者活動援助後援会というNGO（非政府組織）の代表を私はこの六月でやっと辞《や》めることができた。

始めた頃はこんなに長く続くとは思いもしなかった。私たちは、海外で働くカトリックの神父や修道女を支援するためにお金を出す組織だったが、この方たちのおかげで大切なお金がほとんど漏《も》れずに有効に使われたのが、その成功の理由である。

私たちは国や郵便局のボランティア貯金の支援なども受けなかった。会社からの献金も期待しなかった。個人からだけで、私たちは四十年間に十七億円以上の寄付を受け、十六億円以上を使い、約一億七千万円と、寄付された切手を約一四八万円分、若い世代に残して去ることができた。

私たちはもう十年以上も前から委譲《いじょう》を決めて、若い人たちに仕事になじんでもらっていた。もっとも、新しい酒は新しい革袋にという言葉の通り、運営の方法はあくまで自由にしてください、と言ってあった。私自身は組織とは全く関係を断った。日本財団の会長を辞めたときと同じだった。私はただ友情だけを残して過去とは何の関係も持たないのが好きだった。前の職場には、理由がない限り足を踏み入れないというのが礼儀だが、辞任後に最初に日本財団を訪ねたときに、私はさわやかな気持ちで来訪者用のバッジをつけた。

五月の半ば、私は長年支援してくださった人たちの一部を招いて、ささやかな感謝の会を開いた。日本財団の食堂が、会場を引き受けてくださったのも、肩書など忘れても友情は残っていた証拠であろう。

この最後の機会に、私の中には初期からの数十年来の支援者で、ついぞ顔を合わせたことのない何人かのお顔を今度こそ見られるだろう、という淡い期待があった。世間は生活に余裕のある幸福な人が、苦しい人を助けると信じている。しかし私の体験では、長年の支援者の多くは悲しみを知っている人たちであった。私はその一部を打ち明けてもらう光栄に与《あずか》り、人生とは悲しみこそが基本の感情であり、そこから出発する人には芳香《ほうこう》が漂うのを知った。

このような人たちの一部は、しかし今度の会にもやはり出席してくれず、ただ温かい言葉を送ってきた。

人生には生涯、ついに会わないままに終わる方がいいのだという人間関係があるのだ、と私は思った。私はここ数年、いつ死ぬかわからないのだから、以前から心にかかっていた人たちと、無理でない機会に会っておくようにしようと心に決めていたのだが、それは浅はかな人生の計算だということもわかった。

深い感謝は時には恋のような思いでもあったが、恋もやはり会わないでおいた方がいい場合が多い。人生ですべてのことをやり遂げ、会うべき人にも会って死ぬのうなどというのは、思い上がりもいいところで、人は誰もが多くの思いを残して死んでいいのだ。むしろそれが普通なのである。私は強情《ごうじょう》だったが、運命には従順でありたいと願っている。

愛というものは、二人がお互いを見つめ合うことではない。同じ目標を見つめることだ、と昔教わったが、ついに現世で視線を合わせることもなかった文援者たちと私は、図《はか》らずも同じものを見つめる位置には立って人生を生きたにちがいない。

新しい老後

夫は先日、満八十八歳になった。

「昔は八十八歳なんて人、見たことがなかった。珍品だね」

と夫は言う。

「百年前だったら、『八十八年も生きてる人間』という珍獣として、見せ物になれたかもしれないわね」

と私もレトロなことを言う。

しかし今は「珍獣」どころか元気な高齢者はどの町にもいる。しかしその生き方は必ずしも十分に議論されていない。高齢者という世代に対する、昔の概念を引きずったままだ。

その現状に、違和感を持つ世代もいるのだ。数日前に会った中年は言う。

「お年寄りがお元気なのはいいんですが、ご夫婦でせっせと歩いておられるのを見ると、歩く元気があるならもう少し働かれたらいいのに、と思います」

本当は見かけでは人はわからないのだ。内臓の病気を抱えている人はかなりいる。外見は元気だが、実は痛風《つうふう》でいつも痛みに耐えていた人もいる。

若いときから貧しい家庭に育って働き通してきたから、せめて六十歳を過ぎたら遊んで暮らすのを生涯の目的としてきた人もいる。一応元気なのだが、私のように怪我の後、関節が曲がりにくくなって畑仕事ができなくなったのもいるだろう。

日本は個人の希望を大切にする自由な国なのだ。だから、遊んで暮らしたければ、そしてそれが個人的・社会的に可能なら、遊んで生きればいい。

しかし年寄りの中には、二種類の性向がある。遊んでいるのが好きな人と、どんなことでもいいから働いてその生産性によって社会とつながることを望む人とである。

後者が私の周囲には、絶対多数である。どうして政府は年寄りに、収入はある程度低くてもいいから、体力の許すだけの働く場を作らないのかと不思議に思う。

ある日、わが家の屋根の下に住む三人の高齢者の平均年齢を調べたら、八十七歳だった。この三人はしかし三人ともまっとうに、肉体労働によって経済的収入を得ている。つまりまだ現役なのである。ただ椅子に座ってお茶を飲んで、時々居眠りをするような生活はしていない。

中国その他アジア諸国の労働資金が安く太刀打ちできないというが、日本の老齢人口が、安い労賃を承認しながら、「日本社会のために働く」という意識を持てば社会はかなり変わると思うのだが、それは不可能なのだろうか。六十歳や七十歳で定年退職させるのは、その人が長年培った得難い特殊技能までをみすみす捨てさせるようなものだ。

その代わり、高齢者は、自分の年を考えて後進にポストと高額な給与の道を譲り、自分は「ほとんど道楽か趣味で」ただ日本社会の未来のために、自分の技術と残る体力をささげるという、新しい老後の生活目標の自覚があってもいいだろう。

遊んで生きられる老後は、既に社会の年齢上の人口比が急速に変化してきている以上、不可能になりつつあるが、遊んでいたい人は遊び、働きたい人は働くという晩年の自由を、すべての老人が得られる社会を創出《そうしゅつ》してほしい。

適当な時に死ぬ義務

新年になると、誰もが一年分だけ、高齢者に近づく。ことに七十五歳以上の年齢になると体に不調の出る人も多いから、真剣に老年との付き合い方を考えねばならない。

医療関係者でもない私が、軽々に言うべきことではないかもしれないが、高齢者の健康は、どうも「お大事」にしていてはいけないようである。私は人から「お元気ですね」と言われるが、見かけほど健康でもない。膠原《こうげん》病があるので、微熱が出てだるい日には、腕一本動かしたくないそうだ。

しかし高齢者の多くの病気のよさは「治らない」ということだ。だから薬も病院に通う必要もなく、すぐ死ぬこともない。その間に、人生の自由な時間を稼げる、というか、遊べる。

昨年(二〇一四年)二月、私はヘルペス(帯状疱疹《ほうしん》)に罹った。しかし発疹もきれいに治らず、痛みも残っているうちに、同級生の友人の趣味であるクルーズ船に乗り、病気前から予約していたベルリン・フィルハーモニー管弦楽団の演奏会を聞くために、ドイツのバーデン・バーデンに行くツアーにも一人で参加した。どちらも医師がやめない方がいい、という意見だったからである。

船に乗っていた最高齢者は九十九歳の女性で、目的は毎晩のダンスだった。豪華客船はプロの男性ダンサーを乗せているので、楽しくお相手をしてくれる。

その前年、私はアフリカの南スーダンとジブチに行った。途中エチオピアを通過するために、私は黄熱病《おうねつびょう》の予防接種を受けねばならなかったが、都内の病院の医師は、私が八十二歳になっていると聞くと、あらかじめ注射に耐えられるかどうか健康診断をしたい、と言ってくれた。

黄熱病の予防接種はもう三回目なのに、である。その代わりこちらも好奇心で聞きたい質問がある。一体アフリカに行こうとするのは何歳までくらいの人なのですか、ということだ。

その病院では、今までに八十代の人に黄熱病の予防接種をしたことはなかった。その前年、七十三歳の男性一人に接種したのが、最高年齢だったという。

私はもう二十年くらい前から、いわゆる健康診断を受けていない。人間、適当な年齢で命を終わる方がいいし、今自覚していない病気を探《さぐ》り出すこともないからだ。私は苦痛を感じない限り病院にも行かない。それは、趣味として、国民健康保険をできるだけ使わないためである。

老年には、病気とあまり丁重に付き合わない人の方がぼけもせず、健康なように見える。利己的でなく、他人の面倒をみたり、少なくとも自分の暮らしを細々と背負って立っている人は、認知症にもあまりなっていない。子供や施設が万事面倒をみてくれると思って安心した人の方が、ぼけが出やすいようだ。

私はあまり体に気をつけない。しかし毎日自分で食べたいおかずを作り、自家の畑で菜っ葉も採っているから、その方が薬より効きそうに感じている。

老年には、他人に迷惑をかけない範囲で自由に冒険をして遊び、適当な時に死ぬ義務を果たさなければならない。

笑う種は身近にある

よく医学的な記事などに、健康の元は日々の笑いだと書いてある。笑うと免疫力がつくそうだ。おもしろいことがなくても、一日に一度「アハハ」と声を出して笑いなさい、などと書く記事を読むと背筋が寒くなる。おかしいことがないのに笑い声だけを立てるなんて惨めの極《きわ》みだ。

私の家では毎日笑う。笑わざるをえないようなことがあるから、仕方なく笑うのである。私の家は、若い秘書を除いて、住人は皆高齢者である。心も体も、しなやかさを失ってぶざまになっているから、それをお互いに見ているだけでおかしいのだ。

私は内臓は健康なのだが、けがの後でうまく歩けない。たいていの人は骨折でもすれば、それを契機に二階の寝室を階下に下ろすらしいのだが、私はそれもめんどうくさいので、今まで通り足を引きずって二階への上がり下りをしている。それが運動機能の回復にはつながった。

しかし我慢して二階に上がって二つのものを持って下りようとして、時々一つを忘れてくる。私がぼやくと、八十六歳になっても足どりも姿勢もいい夫は、慰めてくれる。

「頭が弱くなると、足を倍使うから、体の方は丈夫になるもんだ」

夫の能力の方が私より明らかに衰えている点は、遠くから人を認識する力である。スーパーマーケットなどで私が先に買い物をしていると、私は入ってくる夫を素早く見つけるが、彼は確実に五秒は反応が遅い。私が「何色の服を着ているかで大体見当をつけるのよ」と言うと、「そんなこと覚えているもんか。裸でなかったことは確かだけど」と言うから、秘書も笑いが止まらない。

夫は旧制高校の時から園芸部に加われば鍬《くわ》づかいが嫌で一カ月で退部し、山岳部に入れば土日に山に登らねばならず三日でやめ、「いい加減な奴」と言われていたという。

ある年の同窓会で夫は友達に、「人数も少なくなってきたしなあ。皆体を大事にして長生きしてくれや」と言ったので、昔あれほど薄情で「でたらめな奴」だと思っていた男も、ついにこういうことを言うようになったか、と思いなおしてしんみりした。ところが夫が言葉を継《つ》いで、「オレ最近少し忙しいから さ、今皆に死なれると葬式に行くヒマがなくて困るんだ」と言ったので、古い悪評は一気によみがえり、定着した。

夫は昔から本以外のものをほとんど買わない。今ではケチが趣味になりかけている。もっとも家族が何を買っても、別に文句は言わない。「俳句が趣味なら、金を出さないのも個人の趣味」なのだそうだ。

夕方になると「今日はお風呂で頭と足の指を洗う日だから大変だ」という。「遠藤周作《えんどうしゅうさく》は、終戦後ずっと顔を洗ったことがないと言っていた」のが羨《うらや》ましいのである。

世の中を人道や人権や正義感だけで見ていると、非難する種が増える。しかし単純な善悪の判断をやめて、限りなく現実だけを見て人間を感じていれば、笑う種はその辺にいくらでも落ちているのである。

この世の満ち足りた生活

先ごろ、私は函館にある天使の聖母トラピスチヌ修道院へ、高橋重幸《しげゆき》神父の金祝《きんしゅく》のミサに出るためにでかけた。カトリックの神父が司祭に叙階《じょかい》されて五十年目のお祝いを金祝という。

私は高橋神父と、昔『雪原に朝陽さして』という題で往復書簡を出したことがある。神父は有名な神学者だが、トラピストは最も厳格に世間とのつながりを断って死ぬまで修道院の外へ出ず、無言のうちに祈りと労働を続ける人たちの修道会である。

そんな生活をどうして選ぶのですか、と世間の人は言う。しかし人間の内的充足は簡単に測れるものではない。世間的な富や栄誉をすべて得ながら、虚《むな》しさにうちひしがれている人もいる。

高橋神父の生い立ちと修道院に入るまでの経緯は変わっている。一九四五年三月の東京大空襲のとき、高橋神父の一家は本所に住んでいた。その夜一家は、母と二人の子供たちが焼死するという悲運に見舞われた。後には、青年時代に一時修道生活を望んでいた父と、十四歳と十三歳の二人の男の子が残された。この三人が、後年トラピストに入会したのである。

今、父は既に亡くなり、修道院には二人の高橋神父兄弟がいる。二人の特徴は実に闊達《かったつ》な性格で、ユーモアに溢《あふ》れ、毎日を忙しく暮らしているということだ。

　初めてここへ来たとき、一歳違いの兄の正行神父について弟の重幸神父は「兄はジャム屋なんです」と私に紹介した。修道院の生活費はバターやジャムを作って売ることでもまかなわれているので、私は兄神父を、ジャム工場の責任者なんだな、と理解した。

　工場から私は図書館にも案内された。「兄が図書館長なんです」と弟神父が言ったからである。兄弟はもともと学究的な人たちである。書棚になる一冊の砂漠に関する本が私の眼を惹《ひ》いた。フランス語からの訳者は兄神父であった。ジャム屋で図書館長の兄は、同時にフランス語の翻訳者だった。

　今回も私は私と同い年の兄神父にも会った。出席者の中の一人の婦人が私に『木靴《サボ》の音』という兄神父の句集をくれた。昔トラピストでは、素朴な木靴を履いていたという。兄神父は、私の知らぬ間に、俳人でもあった。

　前後して別の婦人が、「兄神父さまは、フランス語のレシピから独学でお料理を作るようになられて、帝国ホテルの村上信夫シェフからも認められたんですよ」とささやいてくれた。弟神父によれば、兄はスイカの白い部分からもジャムを作るのだが、おいしいのができるまで凝《こ》りに凝るのだという。

今度、兄神父は私に自作や芭蕉の句を自らフランス語に翻訳した原稿を見せてくれた。

「木靴の音ポクリポクリと春忙し」というのが、もとの句。それが「ル・ソン・ドゥ・サボ、コム・スィ・《ポクリ・ポクリ》、ラ・プランタン・オキュペ」となる。

定年後自由に出歩け、お金も使える身の上でありながら、生きる意味を見失っている高齢者もいる時代に、高橋兄弟神父はこの閉鎖された塀の中で、この世に存在するすべてのものをいとおしみつつ使い尽くして忙しい。帰りがけに私が兄神父に「お仕事で上京なさる折はないのですか」と小声で尋ねると、「それだけは、ずっと、ありえませんね」という明るい答えが返ってきた。

自由を禁じられた老人

最近、親を老人ホームに預けた人が初めてその生活の実態に触れてショックを覚えたという話を聞いた。昔は親を施設に預けるというだけで、親戚の手前もはばかられたというが、これだけ現実が社会に浸透すれば、余計な斟酌《しんしゃく》はいらなくなった。それよりも親が新しい環境になじんでくれ、手近な所で友達も増え、趣味も見いだしてくれれば、と皆願った結果である。

施設の方でも涙ぐましい努力をしている。季節ごとの遠足や見学、献立の変化など、始終残り物メニューで食べているわが家では不可能なサービスだ。

しかしそうした施設を見に行った家族や知人たちがショックを受けるのは、その食事風景を見たときである。皆が一言も喋《しゃべ》らず、黙々と食べている光景は異様というほかはないからだ。

認知症の兆候は、会話をしなくなることから始まるが、無表情な老人たちの顔は不気味だと感じても仕方がないと私も思う。

そもそも日本人には、子供の時から、お喋りを排除する空気がなくもなかった。しかし西欧社会では、大人になったら、食事と会話は切っても切れない関係にある。食事のとき、初対面のどんな相手と隣席になろうと、相手の立場を尊重しつつ、自分なりに人生観を過不足なく語れる人でなければ、教養人とは見なされないのだから、子供の時から会話のための知的勉強もしなければならない。ただ黙って食べているだけの人は、どこの職場でも、相手にもされないのである。

現在の経済的状況、社会的制約を知れば、防御的《ぼうぎょ》姿勢を取らざるを得ない施設の運営方針を非難する気にならないのだが、多くの施設は、老人にとって残酷なものになっている。理由は、彼らに生きる目的も会話の楽しみも与えていないからだ。

「受けるより与える方が幸いである」というのは有名な聖書の言葉だが、人間は受けるだけでは人間を失う。「要求することが人権だ」と教えた日教組が戦後教育の中で、この部分の人間性を破壊した罪は大きい。

人は受けるだけでは魂の死に至る。尊厳も失う。人のために少しでも働く光栄を、最後まで残しておくことが、むしろ人権だ。そして少しでも前進するために、努力も忍耐もし、危険も冒すことを認めるべきなのだ。

しかし老人ホームの車椅子の老人たちは、現実として可能性はあっても自由に立って歩く練習さえさせてもらえない。その途中で骨折でもすると施設の責任になるからだ。知り合いがデパートに連れて行ってあげるといっても、外出も許可されにくい。施設の中で財布がなくなると厄介だから、普段から自分の財布を持たせてもらっていないからだ。ということは社会の空気に触れないので、話題もなくなって当然である。

それまで多少判断の狂いはあっても、自分で歩けて何とか生活できていた老人も、こうして施設の中に大切に閉じ込められると、あっという間に心身の機能が衰えてしまう。

厚生労働省は、この無残《むざん》な現実をどれだけ認識しているのだろうか。

家族の意味を見つめ直す

電気ガス水道が滞ることもなく、ロケット弾の砲撃にさらされもせず、今晩食べるものにも事欠かない日本人は、世界的に第一級の幸福な暮らしをしていると言わねばならないのだが、それでも最近の不幸の一つの形に、子供たちとのつながりが極度に薄くなっている家庭の話が、あちこちで聞かれるようになった。

子供がいても、子供は親の生活を放置《ほうち》していると嘆く親たちが多い。親が病気でも顔も出さず、金を取りに来るとき以外は、寄りつきもしないとはっきり言う人も珍しくない。

実は親の方も身勝手になったのだ。子供と同居すれば、いやでも孫の面倒を少しは見ることになる。食事時間や、食べ物の好みも、若い世代に合わせなければならない。

しかし昔より体力もあり、活動の範囲も広い最近の祖父母世代は、息子夫婦にも孫にも拘束《こうそく》されたくない。「孫の世話なんて、真っ平だわ」とはっきり言う人もいる。ゴルフだの、クルーズだの、自分の愉《たの》しみも多くて、一族の冠婚葬祭に縛られることなどご免こうむりたいと思っている。しかし人生の晩年に、子供たちから放置されている親を見ると、自業自得とはいえ侘《わび》しくなる。

昔のように親と同居せよ、とは言わないが、子供が「どうしてる？　ご飯ちゃんと食べてる？」と電話してきたり、月に一度か二度立ち寄ってお茶一杯飲んでいってくれるだけで、親の心は満たされるのに、それさえもしない愚かな子供たちが多くなった。そういう人たちは一流の難しい大学を出て、時には世界的に有名な会社で働いているのだから、人間形成の教育はどこで失敗したのか、首を傾《かし》げたくなる。

もっとも子供の方だけを責めるわけにはいかない。会社の方にも、一体一人の人間の人生をどう守ろうと考えているのか、と思うほど働かせて平気な組織が、けっこうあるらしい。朝九時の出勤には、家を八時前には出なければならない。夜九時、十時までの残業が必要な状態にしておけば家に帰り着くのは夜半近い。時間的体力的余裕も残らなくなるほど生身の人間を過酷《かこく》に働かせながら、親を見舞う時間は大切だ、とはいえない状況を作っているのは、会社なのである。ことに最近、サラリーマンの頭は会社の苦境に対する処置を考えているだけで、終日いっぱいだろう。

聖書もまた、他者を「救う」「生かす」という人間の行為が非常に大切なものだということを繰り返し説いているが、そういう場合に使われる動詞の一つは、ギリシャ語で「ソーゾー」という言葉である。「ソーゾー」は、救う、生かすだけでなく「保つ、見守る、心に留める、記憶する」という意味も含む。いずれも、親と子が、お互いに対してとるべき姿勢の基本を示している。日本人は、今の生活状態を放置すれば、経済的にだけではなく精神的にも崩壊する。

イスラエルのユダヤ教の家庭は、金曜の日没から土曜の日没までをシャバット（安息日）としてかなり厳格に休みを取り、子供一家が少し離れた土地に住む親の家を訪ねる光景もよく見られる。親は花を買って子供たちを迎え、手料理を用意し、食卓では長男がパンを割《さ》いて一家の長として各人の皿に配る。家族という概念が、個人の形成に当たる意味の大きさを、教育も再確認すべきだろう。

差し迫った緊急の問題

私は最近一つの犯罪小説を書こうか、と思い、しかしやはり書かないことに決めた。普通まだ書かない小説の筋など軽々に人に言うことはないのだが、あえてその禁を破る。

時代は二〇四〇年頃。町は静かに整えられている。ただし町を行く人たちはほとんどが老人だ。元気に小走りに行くのは連れている犬だけ。

師走《しわす》に近く、町には奇妙な事件が連続して起きる。老人ホームの火事である。師走は毎年乾燥するから老人ホームの火事も例外ではないのだが、この年だけは状況が少し違った。建物内からの失火ではなく、外部から、放火の専門家と言いたいほど知恵のある犯人が、消防の目をかいくぐって火をつけて回っており、その度に少なからぬ焼死者が出るのである。普通放火犯は一定地域内の比較的近い所で犯行を重ねるものだが、この犯人は長距離を移動してでも老人施設だけを狙《ねら》っている。

いつの時代にも精神不安定な人物は必ずいるものだが、町中のあるアパートに、近隣の人からは静かな中年などと思われている一人の男が住んでいた。大学を出て以来のニート族で、職に就いたことはない。しかし病気持ちでもなかった。

やがてこの人物が連続老人ホーム放火事件の被疑者として検挙される。彼が確信犯であることに世間は驚愕《きょうがく》する。犯行の動機は明確だった。増え続ける老人に対して昔は優しい心も持てたし、処遇もできた。しかし三人に一人が高齢者になった今、誰も老人の面倒をみる余力はない。経済はそのため停滞し若者はやる気を失っている。誰が悪いのでもない。しかし長寿が予測され、当然こういう問題が深刻化することはわかっていたのに、政府も学者も何も手を打たなかった結果である。それで彼は、自らの手で老人の数を減らすことを使命と考えるようになった、という筋である。

長寿を可能にしたなら、その結果に対する準備をするのが、科学者と政治家の双方の責任だ、と同時に国民一人一人も、老年の生き方について自分で決める覚悟がいる。超高齢化社会は、確実に深刻で差し迫った問題だ。その地獄はもうすぐそこまで確実に迫ってきている。

第2章

愛とは与えること

晩年の最大の仕事は「許し」

『舞踏会の手帖』というモノクロの仏映画が日本で公開されたのは一九三八（昭和十三）年だという。私が見たのは戦後のことである。

それからまた何十年も経って中年になってから、テレビで放映されたのを偶然、それも途中から見たのだが、今度ははっきりと小説家の眼で見ていた。それでも細かい筋は忘れてしまったが、主人公の裕福な未亡人を演じたマリー・ベルという女優さんは当時三十七歳だったそうだ。

物語はコモ湖畔に住む裕福な未亡人が、彼女が十六歳のデビュータントの時、踊ってくれた人たちの名が手帖に残されているのを幸い、その人たちを訪ねて歩く話だ。

戦前の日本の庶民生活では、デビュータントという上流階級の成人の催しがあることなど全く知らなかった。

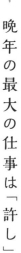

今は時々雑誌などで、ウィーンのデビュータントの光景が紹介される。全員白の夜会服を着た娘たちが、燕尾《えんび》服姿の青年にエスコートされて、初めて舞踏会でワルツを踊る夜である。

今では三十七歳で未亡人になる人はあまり多くない。しかし運命はいつでも、どのような変転も人間にもたらす。かつて娘時代に、愛した人、愛しはしないまでも心に残った人が、その後、どのような生涯を送ったか、ということは、誰にとっても心躍る物語だ。

私は最近、私の「舞踏会の手帖」を始めた。もし相手が拒否しなければ、私は自然な機会に旧知に会うことにしたのだ。

手帖はもともとないのだし、娘時代の私に注目してくれた男性や、私が好意を持った人でなくていいのである。男でも女でも、私は実にたくさんの人に会ってきた。その中には通りいっぺんの会話で別れてきた人もいるが、よくもまああんな短い時間のうちに、心に残る一言を語ってくれた、と不思議に思うような人もいる。外国人もいて、その人たちは住所も知らず、今生きているかどうかを知るよしもない。

長く生きるということの楽しさはこんなところにもある。あの人は一生をどう生きたのだろう、と知りたくなるのは、小説家の性《さが》でもある。それを長編小説の長さで見せてもらえるのは、長く生きた役得である。

映画の中で印象に残った話は、手帖の中の一人は、主人公が長い年月、何も知らずに眺めていたコモ湖のすぐ向こう岸にずっと住んでいたという設定である。人間はみんなこんなものだ。

年月のおもしろさは、個人の変貌《へんぼう》にある。現代では人間は長生きするから、約半世紀の後に再会を果たすこともあるが、半世紀の間には、私の内面もかなり変わったと自分では思う。堕落か遅すぎる成熟かはわからない。しかし私は人を裁く気持ちが減った。悪も善も、怠惰も勤勉も、すべておもしろがれるようになった。運命に動かされる人間の弱さは痛いほど知った。うやむやにすること……たぶんそれがお互いに許すことなのだろう……が、優しくて便利な方法であることも実感した。

それでも既に遅かった人もいる。晩年の最大の仕事は「許し」だとA・デーケン神父も言う。会うという行為は、お互いにさりげなく許しと愛を確認することなのだ。

一枚のクッキーの幸せ

格差是正《かくさぜせい》ということが、今やマスコミの最も便利な表題であり、市民にとってはヒューマニズムの証しとなっている。

仕事で何度もアフリカに入っているうちに、私は貧しい子供たちにクッキーを配るという役をさせられたことがある。学校で勉強がよくできる子供にご褒美のノートと鉛筆を贈る仕事ならまだ我慢できる。しかしクッキーを配る役は嫌なので、私はたいてい先生にその仕事を頼んだ。

二十人の子供に二箱のクッキーの箱を渡すとする。私は先生がそれをどう配るか、作家的なイジワルな目でじっと眺めている。一箱に約二十枚入っているようなら、子供に渡すクッキーは一人二枚ずつである。そのような平等に近い分け方を、日本人は素早くできる。

しかしアフリカの人には難しい場合がある。喜々とした先生は端にいた子供に気前よく三枚四枚を渡し始める。

足りなくなるのは目に見えているが私は余計な口出しはしない。すべての機会とその結果が教育というものだから。

私の単純な危惧《きぐ》はすぐ現実のものとなる。

先生はクッキーが足りなくなりそうなことに気づくと、その瞬間から子供に渡すクッキーを一枚ずつにする。

しかし教室の空気は冷え冷えとしたりしない。はしゃぐ先生とは関係なく、どの子も大きな目で私たちを見つめて無言だ。外国人は珍しく怖い存在だから、とうてい自然な表情にはなれない。

その上、クッキーなど食べたことがないので、どうしていいかわからないのである。紙に包んだキャンディーを配られた場合はもっと困惑している。紙をむくということを知らないから、いつまでもそのまま握っている。クッキーも手のひらに握りしめているから、まもなくそれは湿気《しけ》で粉々になる。

食べることを知っても、全部食べない子は多い。家へ持って帰って、家族に分けることを考えているのである。

飴《あめ》をいったん口に入れてからまた出して、ポケットにしまう子は多い。弟や妹に食べさせようと思うのである。

こうした子は、水も電気もない村に暮らしている。

一日分の家族の飲み水だけを確保するのに、母は生きる限り毎日重い水の容器を頭に載せて数キロ歩く。日本では刑務所でも独房内に洗面所があって、いながらにして飲める水が出る。

最近では、全刑務所に人工透析《じんこうとうせき》の設備を備えるのが当然ということになった。サハラ以南のアフリカで、人工透析の恩恵を受けられる土地は例外だ。コレラやチフスになっても、抗生物質が買えないというだけで死ぬほかはない。本当に恐ろしい格差は、先進国以外の土地に残存している。

もちろん地球上の格差はなくす方向に働いて当然だ。しかし人間は一面で常に格差を希求する。他人が持っていないブランドもののハンドバッグが売れるのも、高級なゴルフクラブの会員やＰＴＡの役員や大臣になりたがるのも、すべて格差が好きだからだ。

クッキーを三枚もらった子と一枚しかもらえなかった子が、喧嘩《けんか》になったという話を私はアフリカでは聞かない。

一枚でも三枚でも、子供たちはその味に魅了され、一瞬にせよ幸福を味わい、その幸福をわずかでも分け合って家族愛を確かめようとする。格差意識は人間性の本質とはあまり関係ない。

生きる力の源となるもの

ずっと以前に乗ったタクシーの運転手さんに身の上話をされた。

両方の親の反対を押し切って結婚した恋女房が、女の子を一人産んだ後で、まだ若いのにがんで死んだというので、私は尋ねた。

「じゃ、お子さんは、亡くなった奥さんのお母さんでも面倒をみていらっしゃるの？」

「いやあ、結婚の時、さんざん反対されたからね。もうどんなことがあっても親たちには世話にならないでおこうと思って……」

そこまで頑《かたく》なにならなくてもいいと思うけれど、人間の情熱の形成は、他人にはわからないものだから黙っていた。

忘れ形見の女の子は、小学校に上がる前だったと記憶する。父親の運転手さんは、会社の温情で、食事の頃には家に帰れるようにしてもらった。ご飯を作って留守番をしている幼い娘と二人で食べる。疲れている父親は「そのままでいいよ。父ちゃんが帰ってから洗うからな」と言いながら、つい皿洗いをさぼって仕事に戻るのだが、「お客さん、大したもんだよ。うちへ帰ってみると、ちゃんと茶碗《ちゃわん》が洗ってあるんだ」。

　私がこの話にそれほど驚かなかったのは、それ以前に、日本の地方都市で、夫婦とも重度の体の障害を持つ何組かの人たちと暮らしている外国人の神父から、まだおむつをしたままの「赤ちゃん」が両親の面倒をみているという信じられないような話を聞いていたからである。

「そのお父さんは、歩けないからお手洗いに立てない。『溲瓶《しびん》』と言うと、まだおむつをつけたままの赤ちゃんが、お父さんのところに溲瓶を持って行く。お父さんがそれにおしっこをすると、赤ちゃんはその中身をちゃんとトイレに捨てに行くんですよ」

「赤ちゃん」と神父は言うが、とにかく歩けるようになってはいる年らしい。この子自身もおむつを汚すと、きれいなのを自分で持って、歩けないお母さんのところに行き、ころんと転がっておむつを換えてもらう。そして汚れたおむつを自分で捨てに行く。

　ペルーでも昔、たった一人の母親が結核で息を引き取るまで傍らで面倒をみていた五歳と二歳くらいの姉弟に会ったことがある。

運転手さんの話を聞きながら思ったのは、その健気《けなげ》な娘は、大きくなってから決してぐれたりしないだろうな、ということだった。人は自分が他人に与える立場にいるという自信を持つ限り、自暴自棄になることはないのである。

今の日本は、不満だらけだ。その理由は、国家から、社会から、親から、もらうことばかり当てにしているのに、彼らはそれほど豊かには与えてやれないからだ。

親や国家や社会が無能なのではない。誰も自分を助けてくれる人は本質的にいないのだ。すべて自分で何とかしなければならない、と思うと、「赤ちゃん」まで親のために働ける。日本人の精神の方向性を、もらう期待から与える姿勢に百八十度転換すれば、この閉塞《へいそく》的な空気の重苦しさが解決する場面は多い。

この食うや食わずの状況で人を助けられますか、と言う人はあるだろうけれど、それは間違いだ。いささかでも与える生活はどんな貧しい境遇でもできる。

与える行為は国家社会に利用されることだ、という貧しい思想を払拭《ふっしょく》できれば、思いがけない道も開くのである。

人に幸福を与える三つの徳

天皇、皇后両陛下が、お元気で金婚式をお迎えになった日に、この原稿を書いている。

両陛下とも、いささかの体力の衰えを感じてはいらっしゃるのかもしれないが、皇后陛下はついこの間おけがをなさるまで、テニスをなさるほどの体力でいらした。お二人とも「それなりに十分にご健康」という若い高齢者には望ましい体力のレベルを保ちながら、しかも激しいご公務を壮年以上の厳しさでこなしていらっしゃる。

それはそのお立場と任務を天職と感じ、終生それに殉《じゅん》じることを決意なさった方が発揮される清々《すがすが》しい強さであろう。私はこの「天職」という言葉が好きなのだが、これは英語では「ｖｏｃａｔｉｏｎ《ヴォケーション》」という。「（神から与えられたと感じられ、使命感を持って行う）天職」のことである。

記念の記者会見の中で、皇后陛下はさりげなく天皇陛下のご性格の魅力を「誠実、謙虚、寛容」に集約して述べておられるが、これは時間の限られたジャーナリズムの質問に対して、正確かつ手短に陛下の魅力をお伝えになろうとした皇后陛下の表現力のみごとさでもある。この三つは、人に幸福を与える究極の徳である。本当は誰もが備えられるもののはずだが、さりげなく三つを兼ね備えている人となると極めて少ない。

昔から私は、皇后陛下は天皇陛下の徳に惚《ほ》れ続けていらしたと思っている。「愛していらした」でも「惹《ひ》かれていらっしゃる」でもいいのだが、日本独特の庶民的な「惚れる」という言葉を、私はつい口にしたくなる。

この三つの徳は、いずれも濃厚な他者との関係の認識の上にできる。他人を幸せにしようという本能的な願い、身分の上下なく他者によって自分は生かされているのだという静かで確実な関係の認識、そして人はときには間違えることもあるが、多くの場合、欠点とともに十分な存在意義を備えているという信頼である。

知人の一人は長くヨーロッパに住んでいたが、「僕は日本人としてうれしいです。ヨーロッパのあちこちの王家と比べて、日本の皇室ほど道徳的な家族はいらっしゃらない」と漏《も》らしていた。皇室は、どの国の代表も同じように手厚く迎えられ、外務省のように相手を見て反応することもない。それを感じるから、日本に来た国賓のすべてが、首相にではなく、両陛下にお会いできたことを喜んで帰る。

皇后陛下は、歌人としてもエッセイストとしても、今回の記者会見で見せられたように、卓抜な表現力をお持ちだ。まだお若かったころ、皇后陛下が高い枝の上の辛夷《こぶし》の花を選んでいらっしゃると、天皇陛下がそれとなく、その一枝を下げてくださった場面など、そのまま名短編である。

「好き」と「愛」は別次元のもの

『財界』という雑誌に倉本聰氏が連載している、「富良野風話」を私はいつも愛読している。そこに今回は「愛の蓄え」という題で、氏が女性たちの集まりで講話をしたときの話がでていた。

氏が、子供のためなら死ねると思う人は手を挙げて、と言うと、六十数人いた女性たちの中で挙手をした人はたったの六人。それではお孫さんのためなら、と質問を変えると、結局三人だった。親のためや夫のためなら、ほとんど死ぬ人はいないのだろうと氏は察する。

氏のエッセーの中にさらに登場するのは、一組の老夫婦。認知症の太った老妻を介護するのは心肺に持病のある痩《や》せ細った夫だ。認知症がひどいと個室に入れなければならないので、施設は高くつく。安い施設は数百人が入所待ちをしている。だから老夫は家庭で、老妻を看病するしか方法はない。

中年の息子が思わず「そこに愛があるの？」と父に聞くと「今までにたくさん愛を貯金してきたから、今はそれを切り崩して生きている」と老いた父は答える。

氏は淡々と、かつて自分も長く病んだ母に対しての愛の蓄えを失ったまま死なせたことを書いている。同じ悔悟《かいご》の思いを持つ人は多いだろう。

「その人のために死ねるか」ということは、愛の本質を見極める一つの踏み絵だと私は過去にも思ってきたし、今でもそう思っている。私が『誰のために愛するか』というエッセーを書いたのは一九七〇年。もうかなり前のことだ。しかしその間に私は答えを変質させることができた。

愛は「好きである」という素朴な感情とはほとんど無関係だという厳しさを知ったからである。キリスト教における愛というものは、むしろ自分の感情とは無関係に、人間としてなすべき態度を示すことだ、とされている。つまりその人を好きであろうがなかろうが、その人のためになることを理性ですることなのだ、と私は知ったのである。

私たちは子供のときから、裏表のある態度を戒められるが、キリスト教は、むしろ裏表を厳しく要求しているように見える。心の中は憎しみで煮えくり返っていても致し方ない。そのときでも、柔和《にゅうわ》に、しかも相手のためを思う理性を失わないことだ、というのだ。

「好きである」愛を、聖書世界は「フィリア」というギリシャ語で表している。それと同時に、敵を愛し、友のために命を棄《す》てることを自分に命じる「理性を必要とする」愛を「アガペー」という言葉で区別する。つまりキリスト教では「理性を伴う悲痛な愛（アガペー）」だけを唯一の本物の愛として認識するから、親子、夫婦の間で自然に起こる感覚的好意や敬意や慕わしさが消えた段階から発生する義務的労《いたわ》りや優しさや哀《かな》しさこそ、本当の愛だと評価するのである。

神はどこにいるのか、と私たちは子供のときから不思議に思う。青い天のかなたか、それとも人間の心臓の中か。しかしそのどれでもなく、神は、今私たちが相対峙《たいじ》している他者の中にいる、と聖書はいう。もちろんどうしようもない老人の中にもいるのだ。こうした神学的解釈など、当世風の思想では流行遅れとして笑い飛ばすのが知的らしいのだが、小説家としての私は、いまだにどんな相手の中にも神がいるとする方が、人生は劇的になり小説も作りやすいのである。

それ以上に大きな愛はない

人間の死は、昔から呼吸と脈拍が止まり瞳孔《どうこう》が散大して徐々に体も冷たくなるという素朴な状況が揃ってこそ、初めて遺族にも自然な死が納得できる、という立場を取る人たちに私は反対しない。故に脳死段階で臓器を提供したくない人は提供しない自由を残すことに賛成である。

しかし、私たち夫婦の考え方は少し違った。私という「存在」は、呼吸と脈拍が止まり、脳に血液が及ばない状態、つまり思考も行動も重度に阻害される状態でも続くとは思えない。夫にせよ私にせよ、お互いに相手の存在だと思っているのは、肉体がその人間の精神を大方支配している状態のことをいう。強情っぱりだったり、粗忽《そこつ》だったり、非常識だったりしても、家族はその特徴をそのままその人として認め、笑ったり困ったりさせられながら生きてきた。

そうした生き生きとした精神性が失われた肉体を、何が何でも生かしておきたいと私たちは考えたことがない。それは当人にとって何より残酷だと感じるからである。しかしだからといって有用でない人間はすぐ始末していいということでは全くない。あくまで医学的な「根拠ある目安」に従って判断することが前提である。

私たちキリスト教徒は「友のために自分の命を棄《す》てること、これ以上に大きな愛はない」という聖書の明快な言葉を知っている。しかしこの考え方を人に押しつけようとも思わない。ただそう思う私たちの考え方も通してほしいだけである。だから当時から、「受けたい人とあげたい人との間で」だけ臓器提供が行われることが、私の希望だった。

青年たちは二十歳の成人式に、まずこうしたことに対する自分の希望の一回目を登録すべきだ。その後も自分で考え続け、改変するもよし、とにかく意志を常に明確にしておくといい。

ついでにいささか賞味期限切れに近い高齢者の臓器は、角膜以外は年齢を理由に基本的には年齢制限をお続けになるのですか、と医療関係者に聞きたい。後期高齢者でも、内臓は全く悪くない人もいる。食品の賞味期限の見直しも近々行われそうだから期待しているが、友達は私に「古着はとにかく売れないのよ」と訓戒《くんかい》を垂れている。

ほんものの誠実は外からはわからない

「タイガーマスク現象」と呼ばれる名前のない人の善行は、心温まる話として昨年末に発生したが（2010年末、群馬県の児童相談所に新品のランドセル10個が「伊達直人」と記されて置かれていた。その寄付行為が全国に拡大していった）、次第に私の中では浮き上がった話に思えるようになった。

すべて人に尽くすには、地味な「継続」がいる。一度だけ思いついていいことをするのは、その人の一時の楽しみに過ぎない。もちろん悪いことではないだろうが、突如として贈られたランドセルは、その村の村長や郡の郡長が、勝手に私物化するか売り払うかして汚職の種になるだけだ。つまり物を贈るのは易しいが、それを必要としている人に確実に届ける作業は、貧しい国では至難の業《わざ》だということだ。

先日ある政府機関の人が北アフリカの途上国へ調査に行った話をした。そこでの滞在の最後の日に、同行の日本人とその国の首都第一のレストランで会食をした。

私はそのことを非難するのではない。日本人が衛生面を気にせずに食事のできるレストランは、途上国では実に数少ない。その値段はその国の人からみれば途方もないレベルだろうが、日本人からみたら手軽な費用で済む。

その時レストランの主人が「すみません。あなたからいただいたお金は、計算違いで多くもらい過ぎました。お返しします」と言って追っかけてきて金を返したということに、その日本人は感動していた。そういう正直な人がいる国とは将来もうまくいくだろう、と感じた、という。

その話を聞いた瞬間から、私は違和感を覚えていたが、その夜になってその原因を家で深く考えた時さらに不安感に襲われた。証明はできないが、これはそのレストランの主人の手の込んだ集客術だという可能性が実に高い。彼は外国人向けのレストランの主人として仕事をしているうちに、どういう点を押さえれば、相手が喜ぶかを覚えたのである。つまり日本人はわずかな金額でも「おつりをごまかさない」ことを非常に高く評価すると知って、彼は常に多くもらい過ぎたと言って、正直を演出することにしたのだろう。

先日ある人が、日本から行った人道的な仕事をしている団体の代表者が、出先で訪ねた病気の人の手をずっと握っていたことに打たれた話をしてくれた。皮膚疾患系の病気は見た目にもすぐわかるから、触れるのを怖がる人も多いわけだが、実はこちらが健康な皮膚であれば、なかなか感染しないものだと私は若い時に教えられた。

過去に長い間、私は病気や貧困から抜け出られない人と日常を共にしている医師やシスターたちを見てきた。その人たちは病人の手を長く握っているような人情的な光景を見せることは稀《まれ》であった。彼らは長い年月継続して、日々常時、大局的にそれらの人たちの命を支える働きをしていたから、いつも忙しくて、ずっと一人の手を握っているような暇はなかったのである。私のような部外者だけが、限られた時間なら孤児を抱いてもいられるが、そこで働く人たちにはほとんどそんな暇はない。

もちろん例外はある。エイズで死んでいく人の孤独な臨終を見送り続けた神父は、彼自身、患者から感染した結核で亡くなった。しかしその神父といえども、人情的な場面など私に見せたことがない。命がけのほんものの誠実は、多分外部には見えない行為なのだ。

ボランティアの条件

三・一一の東日本大震災で大活躍をしたと言われるボランティア活動だが、こうした善意の人々を機能的に統括《とうかつ》し、安全を確保しながら有効にその能力を生かしてもらおうとする気運が生まれたのは、阪神淡路大震災からではないかと思う。

それまでのボランティアは、とにかく被災地に駆けつければ何かできるだろう、というような素朴な善意で動いていたのだが、現実はかえって混乱《こんらん》をきたしたようである。

私が元働いていた財団では、機能的なボランティアの動かし方のノウハウを既にあらかた完成させていた。被災地の中心部のテントにボランティアが行くと、第一のデスクで姓名、住所を登録してもらい、その場で労災保険を掛ける。次のデスクでは、その日に送ることになっている場所（×丁目×番地の○○さ

ん の家）に、周辺の詳細図とともに、十人一組くらいのグループで送り出す。その際、必要と思われる道具（スコップ、鍬《くわ》、バケツなど）を持たせ、誰かが案内して現場に行く。一定の時間が経つと、彼らはテントに戻ってきて作業の進捗《しんちょく》状況を報告する。うまくいかない場合も、その内容は次に生かされる。それから最後のデスクで消毒液で手を洗い、牛乳を飲んで解散する。原型はそのようなものであった。もっとも土地柄、被害の理由その他で状況は変わる。しかしどこかに働き手を統括する司令部が要ることは間違いない。ことに私が打たれたのは、個人的なボランティアは、どんなに長くても二週間続けたら、まだ作業が残っていても一応中断して引き上げるという賢い原則ができていたことだった。被災者もボランティアも、二週間付き合うと人間的に疲れてくる。一度別々になって静かに休んでから必要な作業を続行するのである。

私は身体障害者と二週間外国のキリスト教の聖地へ行くボランティアの旅を二十三年間続けた。

第一回の時、指導司祭の神父が「曽野さん、ボランティアが楽しくなったらやめるべきだよ」と私を諭《さと》したことを覚えている。楽しいだけの任務などというものは現世にない。それは自己満足に陥っている証拠だからという理由である。ボランティアには、通俗的な資格がいる。時間、お金、体力のどれかに余裕のある人だけがやることなのである。これは非常に物質的な判断だと思われるかもしれないが、月に二千円の余裕もない人は、今は別に他人のためにその貴重なお金を出す必要はない。しかし二千円なら出せると思う人は、それで近くの一人暮らしの高齢者に週に一回手製の「豪華弁当」を届けられる。これは立派なボランティアだ。

言葉を換えて言えば、人はまず自分の生活を成り立たせるのが義務だ。次に家族のことを考え、それで余裕ができた時にボランティアをするべきなのである。その順序を誤ると、自立もできない人が、家族を見捨てて、趣味的ボランティアをすることになる。

学生は勉強が第一だ。社会から働かなくて済む時間をもらった以上、よく勉強するという学生の任務が発生している。ボランティアに精を出すべきではない。

経済的自立もできず、勉強もせず、家族の暮らしも放置してボランティアをすることは本末転倒《ほんまつてんとう》で、私は決して美しい行為とは思わない。

第3章

逆境と愛の教育

『サウンド・オブ・ミュージック』に心を揺さぶられる理由

「劇団四季」による『サウンド・オブ・ミュージック』を見て、久しぶりに泣いている人を見た。このミュージカルの筋を知らない人のために一応紹介しておく。

舞台は第二次世界大戦前夜のオーストリアのザルツブルク郊外。主人公マリアがシスター志望者として暮らすカトリックの修道院と、妻を亡くして以来心を閉ざしがちなトラップ海軍大佐とその七人の子供たちが住む湖畔の豪邸である。

歌好きのマリアは修道院に入っても山の見える丘で歌うのが好きだ。原作は修道院の性格と生活の細部を知悉《ちしつ》している。

マリアはまだ志願者なので、修道院長の命令で、自分を見極めるために、期限付きでトラップ家の子供たちの家庭教師になる。ギターを抱え質素な一張《いっちょう》羅《ら》を着て赴任すると、トラップ家の異様な空気に驚かされる。家庭でも厳格な大佐は海軍の笛によって子供たちが軍隊式に行動することを命じ、歌を歌うことも禁じる。マリアは子供たちに初めて「ドレミの歌」によって歌の歌い方を教える。

時はまさにオーストリアがドイツに併合される直前の暗雲漂う状況で、愛国者トラップ大佐は反ナチの姿勢を崩さない。その剛直《ごうちょく》さが、やがてはトラップ一家がナチスによって弾圧されるだろうという暗い予感を観客に抱かせる。

大佐は裕福な未亡人との再婚を考えているが、やがて一人一人の子供たちの性格をこの上なく愛するマリアに惹《ひ》かれていく。マリアも修道院に入ろうとした自分が恋を覚えることに苦しむが、修道院長の勧めでトラップ大佐の愛を受け入れる。しかし結婚の直後に、一家はナチスの逮捕を逃れるために、家を捨てて山々を越えて、中立国スイスへ脱出を図る。

この危機の中で優しい「エーデルワイス」の歌が生きている。若い人たちは「すごいねぇ。すごい！」と興奮さめやらず、少し老世代は「やっぱり昔のものはいい。骨がある！」とこれも絶賛を惜しまない。私なりにこの類《たぐい》まれな骨太の原作の魅力を探れば、ここにはドラマに必要な本質がすべて単純明快に備わっている。

第一は、歌舞伎の『勧進帳《かんじんちょう》』にもある国境脱出劇のスリルだ。二十年前にベルリンの壁が崩壊するまで、人間の愚かさによる政治の対立と国境の封鎖は、人々に残酷な死や別離の運命を与えた。

第二は、厳しすぎるほどの規律を課す父を、子供たちは結果的には決して嫌わなかったということだ。それどころか家族の中心的な力強い父として深く愛されたのである。現代の父たちは嫌われるのを恐れ子供に厳しくしない。それゆえに愛されもしないのである。

第三に、この父は、民族的愛国心を裏付けにした思想を持っていたし、市民として愛する者のために命を懸《か》ける勇気も有していた。

考えてみると、人間性を深める要素は、満ち足りた幸福の中よりもむしろ逆境の中にある。その逆境の中で人間性を失わないのは愛の力なのである。しかし今どき、不幸が人生で必要なことも、自己犠牲をも含む愛が人生を完成させることも、教育ではほとんど教えない。このミュージカルは今の日本の教育に欠けているものを怒濤《どとう》のように突きつけて観客の心を揺さぶったのである。

公平と平等がもたらす残酷

戦後の教育が考え違いした要素の中に、公平と平等に関する運用の方法がある。

誰もが、公平と平等に関しては「そうするより仕方がない」と潜在《せんざい》的に納得しているのだ。昔から兄弟がおやつを分け合うときには、公平と平等を原則にしなければ、一家の平安が保てないことはわかっていた。母親はゆでたサツマイモのおやつを子供たちにできるだけ等量与えようとするが、それでも兄弟は一瞬のうちにどれが大きそうか選ぶ素質を磨《みが》いた。

だから公平と平等は、あまり教える必要はない、と私は思っている。それより現実に必要なのは、公平と平等ではない現実にどうやって耐え、最終的にできる限りの公平と平等に近づけるかなのだ。

私たちの生きる人生は、すべて公平と平等ではない。健康、体格、性格、生まれた家庭、所属する国家など、どの点をとっても公平でも平等でもないのだ。

ヒストリーチャンネルで放送されたのだが、アフリカのアンゴラやシエラレオネという国はすさまじい内戦を体験した。反政府軍と呼ばれる民兵組織が、反政府を標榜《ひょうぼう》しながら、実は市民の生活を残忍に破壊した。家財を略奪し、一般の市民を殺し、女性を強姦し、子供や女性の手足を切った。七、八歳から十二、三歳くらいの少年少女たちを時には誘拐《ゆうかい》して武器の扱いを教え、同胞を殺し手足を切る残虐行為に使った。民兵に動員された女の子には、複数の民兵の性の相手をすることさえ教えた。彼らはそのようにして生涯、自分が殺人や婦女暴行を犯した記憶から逃れられなくなったのである。

二〇〇二年にシエラレオネに入ったとき、私たちは二階の屋根が砲撃で抜けた修道院に、寝袋持参で泊まった。そして殺人や売春に駆り出されて、教育を受ける機会さえなかった民兵出の少年少女たちが、修道女たちの手でかろうじて人間回復の道を歩き出しているのを見た。しかし、被害者の立場の子供たちの切られた手足は生えてこない。これは極端な例だと思うかもしれないが、アフリカでは他の国でも出現した状況だし、私たちは偶然、こうした国に不公平にも生まれ合わせずに済んだ。

ある人は生涯健康に暮らし、ある人は生まれつき病弱である。同級生が同じような時期に結婚しても、一人の奥さんは丈夫でよく働き、別の一人の奥さんは他の男と出奔《しゅっぽん》する。同じ電車に乗り合わせて脱線事故に遭っても、一両目に乗っていた人は助かり、二両目にいた人は死ぬこともある。

政治や社会が、公平と平等を目指すのは当然だが、現実は必ず不公平で不平等なのである。

それなのに、完全な公平と平等が簡単に手に入ると思わせる甘い教育をして、その状態が実現しないと、それは政治の貧困や格差社会のゆえに救いようがないほど不幸なのだ、と教える方がずっと残酷《ざんこく》だ、と私は思って生きてきた。私たちはしかし、その不公平や不平等に耐えて、自分だけに与えられた人生を生きられる。大病をした人や障害者になった人が、以前にも増して明確に独自の生涯を生きている例を、私たちはしばしば尊敬を込めて見るのである。不公平・不平等に耐えて、公平と平等を目指す強靭《きょうじん》な魂の教育を始めないのは、日本人にとって本当は不幸なことだ。

その時、親はどこにいたのか

教育の荒廃《こうはい》は、戦後の日本で最大の失敗だと思うことがある。今すぐ大手術をしても命を取り戻すのに間に合うかどうかとさえ思えるほど、多くの日本人は不勉強になり、利己主義になった。本を読まず、自分の信念を通す勇気もなくなった。そもそも信念など持つことを誰も教えないのだから、それを通す勇気など全くなくても平気なのである。

私は時々自分の教育の責任者は誰なのか、ということを考える。

戦争中、愚かな文部省は「敵性国の言葉だから」という理由で、多くの場合英語を学ぶことを禁じた。

しかし私たちはこっそり勉強を続けており、疎開先の県立高等女学校の先生は、私が工員として働くために動員された工場で英語の教科書を持っているのを見ると、「続けてやりなさい」と励ましてくれた。

そもそも小学校の高学年以後の自己を作るのは、自分以外にない、と私は思ってきた。

私は円満でない家庭に育ったので、多分ひね曲がった根性は残ったのだが、世間の青少年の犯罪者が、自分は親から虐待を受けたり放置されたせいで罪を犯すようになったというのを聞くと、腹が立ってくる。

ひずんだ家庭の体験があればこそ、私は自分の家庭がとにかく穏やかであることを望んだ。

家族の誰も罪を犯さず、何とかご飯が食べられてお風呂に入って眠れればけっこう。その上、ちょっとしたユーモアのある会話が豊富にある生活なら（こうした会話には別にお金がかかるわけではないし）それで十分というあたりにレベルを置くようになった。

そもそも自分を教育するのに誰よりも強い力を持つのは、自分なのである。自分で自分を教育しないで誰がしてくれるというのか。世間にはそれほど親切な人も、暇人もいないと知るべきだろう。危険を予知するのも、それを避けるのも、すべて自分の責任である。

先生は教育者なのだから、学校にいる間に起きることは先生の責任だと言う親が多くなったが、先生は三十人もの生徒を見ているのである。とても個々の生徒の複雑な肉体的、精神的状態などわかるわけがない。

子供といつも暮らしているのは普通、親なのだから、親が子供の心身の状態を把握《はあく》していて当然である。

特に子供がまだ幼くて、とうてい自分で自分の教育などできるわけがない年ごろの教育の全責任は親にある。ところが最近の子供が巻き込まれる事件を見ていると、「その時、親はどこにいた」と聞きたくなる状況が後を絶たない。自動車の中に放置された幼児が脱水《だっすい》症状で死ぬ。子供が突然駆け出して水路に落ちたり、踏切に入って電車にひかれて死ぬ。子供がベンチから、ブランコから、あるいはマンションの踊り場から落ちて死ぬ。小学生が学校のランニングや水泳の時間に突然の心臓発作で死ぬ。子供が、携帯電話で知り合っただけの人と会うために、夜半近くに家を出て、約束の場所に行く。

これらの時、それぞれの親たちはいったいどこにいたのか。こうした事故や犯罪は親が親として機能していれば、一〇〇%とは言わないが、かなりの確率で防げたものだ。

責任はなしで恩恵だけを受けるのが当然の権利という戦後教育の、これが一つの結果だったのかもしれない。

「悪」からも学ぶのが強さ

この頃、若い世代と会話をしていて時々、ひどく疲れると思うことがある。もちろん第一の理由はこちらが年を取ったからなのだが、若い時から私がそれとなく敬遠していた考え方のパターンをする人が、増えたからなのである。

若い時から私は、「オール・オア・ナッシング」という思考の形態が苦手だった。先生や警察官は正しいものだ、とか、新聞記者は必ず十分な取材をして正確な記事を書く、というような言葉を聞くと、多くの場合多分そうだろうが、しかしどんな職業集団にも、必ず黒い羊はいるものだ、と反射的に思った。

ここのところ、何人かのジャーナリストのインタビューを受けたが、私が「いつも例外や想定外があるんです」と言うと全く理解しないか、そんな考え方は認められない、という姿勢を示す場合が何度かあった。

私はかなり若い時から、完全な善人も、一〇〇%の悪人もいないと思っている。善人の中にも悪をなす要素があり、悪の中にも教育的な部分がある。

その一例が戦争である。私は戦時中の東京空襲で火に追われて逃げ、グラマン戦闘機に機銃で掃射《そうしゃ》され、十三歳で工場労働にも動員された。どれもいいことではないが、こうした経験を経て、以来私の平和観は明らかになった。庶民が、せめて明日まで生きていられるだろう、と思える社会を作ることが平和なのだ。

結果的に私は戦争からも多くを学んだ。だから戦争をしてもいい、と言うのではない。シリアの内戦の様子などを見る度に、それまでどうやら平和に暮らしていたごく普通の家族が、多分やっと手に入れたであろう家や車を破壊される暴力に激しい怒りを感じる。だから戦争は九十八%愚かな悪いものだ。しかし残りの二%は、なかなか教育的なものであり続けている。

私は、今の若者たちが持っていないサバイバルの力や才覚を、戦争からと、その後度々訪れた貧しい途上国で培《つちか》われた。

しかし私がたった二%くらい（このパーセント感覚はじつにいい加減なもの

だが）は、戦争体験にも教育的な面がある、と言うと、たいていのジャーナリストは全くわからないという形で私を非難の目で見る。

小説家などという仕事は、絶対多数ならぬ絶対少数の立場を正視する任務を負うと思っているのだが、最近のジャーナリズムは戦争前と同じくらい激しい個人的な言葉狩りをすることで、競《きそ》って自分は人権・人道主義者だと示したいらしい。その手段として、他人を道義的に裁くことで、事実上、言論弾圧《だんあつ》も辞さなくなった。だからたいていの人は恐ろしくなって、おきれいごとしか口にしなくなる。そして悪からも学ぶという成熟した学習の姿勢を失う。

昔は悪からも学べる強さが大人の証しだった。悪から学ばない人は善からもあまり学ばない。悪の存在意義を認めないと、善の働きも感じられないだろう。

郵便が暗示する病的な現実

日本郵政の将来図に使用者の視線を反映させるために開かれた公聴会の席で出席者の言葉を聞きながら、私は日本の二つの病的な現実を暗い思いで感じた。

第一の問題点は日本の津々浦々に存在した素朴な人間関係を、「プライバシーの尊重」という流行的理念がぶっ潰《つぶ》した現実である。

発言者数人が図らずも触れたのは、郵政民営化以前には、郵便配達をする人は、配達という業務だけではなく広範囲な人間関係を請け負っていた。都会ではわからない実情だが、郵便を届けに行ったついでに、一人暮らしのおばあさんなどにいろいろな頼まれごとをしていた。局まで行かれないけれど、この小包を発送しておいてほしい。年金を下ろすのも保険金を払い込むのも「頼まれてくれんか」だったのである。実はそのついでに配達の人は「おばあちゃん無事かね」という見回りの役も果たしていた。

お金の出し入れまで代行したというのは、すべて地方性をプラスの面で生かした信頼関係によって可能だった。信頼関係の元は、お互いをよく知っているということだ。そもそも郵便局長という人が国からの任命ではなく、その地方の共同体から人々が納得する正直でもの堅い人が選ばれていたという特殊性にもある。

大都会は氏素性のわからない者同士の集合体であり、その中で最低限の調和を取ろうとすると、民主主義を採用するほかはない。しかしすべての人間関係が現実の血族で結ばれるアラブ諸国やアフリカなどの族長支配型社会では、所属する人間は末端までお互いに知り合いで、確固とした信頼関係が構築されている。

日本の地方にもよくよく知り合った者同士の関係があったからこそ、郵便局が末梢《まっしょう》血管のように地方の暮らしを支える機能も生かせたのである。

しかし過度の「プライバシーの尊重」は、非人間的な冷酷な無関係をよしとした。子供の同級生のうちの電話番号も知らされないので、「うちの子」の帰りが遅い時に子の親友に電話で動向を尋ねることもできない。その余波が田舎にも及んで、一人暮らしで体の不自由なおばあちゃんに代わって、郵便局員がしてやっていた事務もできなくなった。「プライバシーの尊重」は私も大好きだが、行き過ぎると人間関係そのものの存在を生活から奪う。人間に触れずに、どうして豊かな人生を送れるか。日本は病的な社会に突き進んだのである。

第二の問題は、郵便の取り扱い量が減っているという事実だ。私は正直なところ日本郵政という会社の未来には冷たいような気もするが、郵便事業を守るには、日本人の「読み書きしゃべり」という三つの国語力表現を完璧《かんぺき》にする教育をしなければならない。つまり現在の日本人は、まともな日本語も喋《しゃべ》れず漢字も知らず、ましてや作文能力も開発しなかった結果、短い手紙さえ気楽に書ける人はごく少なくなった。これでは郵便の量が増えるどころか、現状を維持することもできるわけがない。

その国の文化を支える完全な人間は、どの国語でもいいから、「読み書きしゃべり」の三つが揃《そろ》って可能だという最低条件がある。それに該当する日本人が、今どれだけいるかという危惧《きぐ》が、郵政の問題より深く私の心に残ったのである。

「幸運」に対する責務

『ＷｉＬＬ』二〇一〇年七月号の連載の中で、堤堯《つつみぎょう》氏があるテレビ局の公開討論に出演した時のことを書いておられる。質問の時間にある男性が、自分は聖心女子大学で教鞭《きょうべん》を執っている者だが、四十一人の学生に新聞を取っているかどうか聞いたところ、取っている人はたった四人、アメリカと戦ったことを知っている人は約半分の二十一人しかなかった、と話した。

私が今ここで、この衝撃《しょうげき》的な事実を取り上げたのは、学生を心から愛してくださっているこの先生に、深くお礼を言いたかったからである。大学の内情を天下にさらしたということで、万が一にも、非難されるようなことがあってはならないからだ。

聖心女子大学は私の母校である。もともと学歴主義社会の中での秀才校ではなかった。しかしそういう大学でも、皇后陛下のような自然で賢い知性を輩出する。皇后陛下がよく読書をされ、恐ろしいほどの記憶力をお持ちなのは、資質に加え、そこに任務として、他者の存在を大切にしなければならないという意志の力が働いておられるからだ、と思う時もある。

私の夫は、かねがね聖心のことを「一を聞いて一を知る大学だ」とホメていた。「一を聞いて十を知る、目から鼻へ抜けるような秀才」と比べての皮肉である。しかし、今では、一を聞いて一を知る学生が「採れれば」、それは大した教育効果だということになってきたのだろう。

知識階級といわれている人たちの中に、新聞を読まない家庭がある、ということは、私にとっては驚きだった。私の周囲には、新聞を取っていない人は稀《まれ》だが、話しているとすぐわかる時がある。話題がゴシップの域を出なくなる。新聞が正確なことを書くという保証はないのだが、新聞を読むか読まないかは、私にとって人間をより分ける篩《ふるい》の役を果たすようになっていたらしい。私が会社の社長だったら新聞を読まない社員は採用しない。若者だったら結婚相手としても困る。

しかしこうした不勉強な学生の多い大学は、近年決して聖心だけではないだろうと思う。改めてそれに該当《がいとう》する大学の学生と教職員、それに親たちは、今からでも深く恥じるべきである。評判や名誉に対してではない。

一人の若者が、二十歳を過ぎるまで、生活の大方を学業優先で生かしてもらえるという恵まれた人生は、世界にそれほど多くはないのだ。その背後には、子供の時から親の暮らしを支えるために労働し、文字を覚える暇《ひま》さえなかったたくさんの人生がひしめいている。その自覚がなかった、ということに対して恥じなければならない。

幸運は深く感謝して受けていい。しかしその場合、幸運から受けたものに対して責務を感じるべきだ。

いじめ対処《たいしょ》は三つある

何回も繰り返される悲劇だが、群馬県桐生市の小学六年生の自殺した女児の父は、学校側にいじめを知りつつ放置《ほうち》した責任がある、と言い、学校側はいじめがあったことは認めつつも、自殺との因果関係は「明確には認められない」との「あいまいな態度に終始した」という。

この学校では、二〇一〇年十一月、一学期の終わりごろから「担任教諭がコントロールできない学級崩壊が続いていた」そうで、担任教師の無能、学校側の指導力の不足、同級生の親たちの心遣いの貧しさが図らずも浮かび上がった。こういう問題は、外部の者は決して実情の細部を知ることはできないから、この問題を契機《けいき》に私たちは一般論を考える他はないのだが、私はいじめが自殺の原因と見なすことはできない、と思う。

ホームレス生活をしている人を気の毒だと思う人は多いだろうが、現実はそれほど簡単なものではない。確かに家族に捨てられてホームレスになったから自殺した人もいるだろう。しかし私はホームレスの取材をしていた時に知ったのだが、彼らの中には、自ら「自由な生活を選んだ」結果、家庭を捨て、現在の生活の方を家族のしがらみの中で暮らすよりはるかにいい、と感じていた人もけっこういたのである。

いじめられた時、人はどう対処するか。第一が闘う。第二が無視するか遠ざかる。第三が負けてしまう。この三種類以外、行動の取りようはない。子供には、このうちのどれを取ったらいいか判断するのは無理だから、親がその方法を示唆してやればいい。

第一の方法にはいろいろなやり方がある。新聞社や教育委員会に投書する。一人でご飯を食べろとクラスの「村八分」に遭ったら、わざと嫌がらせに、校長室の前、校庭、玄関、廊下など人目のつくところで食べる。そもそも、グループで食べるなどということを考えだした先生がおかしいのだ。学校の食事は、昔から教室の机の上で食べるものだ。その席順は背の高い順だったり、私のように視力がない生徒が前の席を与えられたりしていたが、つまり先生の命じるままだった。人間が運命を素直に受ける要素も教育に含まれている。何でも自分たちで選べるわけではないことを子供の時からはっきりと教えなければならない。

第二の無視か避ける方法には登校しないという方法が最も簡単だ。別に学校に行かなくてもいいのだ。家で本を読んでいる方がずっと身につくものが多いということもあろう。するとそのうち調査があるだろう。そこで理由をぶちまければいい。

第三が一番いけない。人をいじめるような愚かな人々の犠牲になる必要はないとこれは親が教えることだ。というより親しか教えられない部分だ。

昔から人をいじめる子供の背後には、必ず精神の卑《いや》しい親の影が見え隠れしていた。自分の家は持ち家のマンション、「あのうちは民間アパートを借りているのよ」とか、うちは大学卒だけれどあそこのお父さんは高卒だとか、あからさまに侮辱《ぶじょく》的に私に言った母親もある。社会的地位、貧富の差、などを信じている愚かな人たちからは、こちらの方から遠ざかる他はない。強い父母が世間に立ち向かって強い子供を育てるのである。

正義には本来、覚悟がいる

大津《おおつ》の中学生が自殺した事件（２０１１年10月11日、大津市の中学二年生の男子生徒が、いじめを苦に自宅で自殺するに至った事件。学校側も教育委員会もいじめを把握していなかった）の背景がマスコミで報じられた後の改革はどれ一つも無駄ではないが、それで問題が根本的に解決するとは思えないと心の奥でささやくものがある。なぜならいじめという人間の浅はかな行為が、この世からなくなることはないからだ。

この事件の報道を読みながら私の心に浮かんだのは、若いときにはしきりに見たアメリカの西部劇なのだから、私の教養も浅はかなものだ。

西部劇には大きく分けて二通りがあり、騎兵隊対先住民という構図か、カウボーイ上がりの流れ者が町に入ってきて、農民を救うために悪い牧場主たちと一人で闘う、という話かどちらかである。この流れ者カウボーイは無精ひげを生やし、決して美男でもなく無表情で、彼の正義感がどれほどのものかも一向にわからない場合が多いのだが、その人物の行動は命がけの無償《むしょう》の人助けで、ことを成就《じょうじゅ》した後は黙って去っていく、その後ろ姿がいい、という結末に観客は酔《よ》ったものだ。

これもつまりはいじめが主題になった物語であった。最近の教育界はいじめをなくしさえすれば、子供の自殺も防げるという発想だ。私のような現実主義者にいわせれば、それは生活が豊かになれば泥棒がいなくなり、道徳教育や宗教教育を徹底させれば詐欺がなくなる、と思うのと同じ程度に、現実離れしている。

少なくとも私は、わが子や孫にいじめを許さないが、腰のガンベルトに二丁拳銃をぶち込み、傍観《ぼうかん》する臆病者を尻目に、一人で悪漢と闘うというガンマンに、勇気というかぐわしい情熱の芳香を感じる浅はかさも失っていない。西部劇が全くと言っていいほどすたれて、映画がホワイトハウスの内幕物や、アフガニスタンのゲリラとの戦いで心が傷ついた兵士たちの話が主流を占めるようになったのは、もはや正義だの勇気だのというものは、時代遅れになったという証拠なのかもしれない。

正義の質にもよるだろう。正義の感覚が、仮に幸いにも自分のうちにわずかでも存在していたとしても、私の場合、心のうちに秘《ひ》し隠《かく》すのが無難であった。なぜなら自分の身体にはいささかの危険も及ばない遠い安全圏に立ち、スローガンとしてわめくかつぶやくか程度の正義など、そもそも大したものではないからだ。正義はそのことのために命の危険を承認するか、自分の財産をほとんど根こそぎささげるというほどの覚悟が要るもので、それができない場合は黙《もく》している方が身のほどを知っているというものだ。

若者たちは、常に自分と他者を生かすためには、知恵を働かせて一人で闘うことを覚悟することが必要だ。他人や組織を当てにしないことだ。組織の中に生きながら勇気を示した人物などというものに、私は近年一人も出会っていない。

弱者の脅迫

イスラム国という組織に入って、民兵《みんぺい》として戦おうとしていた二十六歳の大学生が、渡航前に発見された。

この人には、まじめな面もある。モスクに行ってアラビア語を学び、イスラム教徒になった。キリスト教は日本語で学ぶ手段があるが、イスラム教は、コーランを基本的にアラビア語でしか読んではいけないはずである。

この青年は、東京のシェアハウスで暮らしていたとは言うが、それだって収入もない学生なら、ある程度の生活費を誰かからもらっていたわけだ。昔の二十六歳は、親を養う年であった。

私はこのごろこういう「高等遊民《こうとうゆうみん》」風の人が、人道や人権や平和のためと称して非常識なことをする姿を見ると腹が立つ。

どの家庭にも、親とか親戚とか親友とか「縁者」の中に、助けを必要とする人はいるはずなのだ。その人のことは見捨てておいて、シリアに行くのだ。今年のノーベル賞受賞者の中の一人の中村修二氏は、「私の研究にやる気を起こさせたものは『怒り』です」とおっしゃった。作家の創作活動のエネルギーの中にも、「私怨《しえん》」というエネルギー源があって、生涯その人の創作に力を貸す。だから教育的環境の中には、逆境も要るのだ。

この青年をシリアに送ろうとした元大学教授も、知人のジャーナリストも、やはり非常識だろう。専門家なのにイスラム国側のやり方を推測しない。それを公安が止めたことで、一部のマスコミは典型的な、幼稚な形で、正義を振りかざした。

「今回のケースは『テロとの戦い』を口実に国家権力が、『面倒を起こすかもしれない都合の悪い研究者やジャーナリスト』に脅しをかけ、言論・報道の自由を踏みにじった暴挙に他ならない」（『週刊ポスト』2014・10・24号）

この愚かな二十六歳が、イスラム国の人質になり、組織の資金源だと思われれば、日本国は莫大《ばくだい》な身代金を払うことになる。国民も無関係ではない。

この北大生の最大の不幸は、お金に困らなかったことと、あり余る選択の自由を持っていたことだろう。東京でイスラムについて学ぶ経済的余裕もあり、シリア北部の目的地に行く旅費の目当てもついていた。しかもシリアの戦闘で人を殺したり自分が戦死しなくても、日本にいれば来月には自殺していただろう、などと言っていたという。

私はかつて、『弱者が強者を駆逐《くちく》する時代』というエッセー集を出した。不思議な時代が到来したのだ。金はない方が強い。金がないと言えば、誰かが面倒をみなくてはならない。時には、病気の人の方が健康人より強いことさえある。体が弱くて働けない、と言えば、国家や家族は、なんとしてでも養う。

しかし一番腹が立つのは、これができないなら僕は死ぬ、と言って家族や周囲を脅かす卑怯者だ。死なれると困るから、家族も世間も、その人物の希望を唯々《いい》諾々《だくだく》と受け入れる。まさに脅迫と同じだ。「そんなことで死にたいなら、さっさと死んだら？」と時々私は言いそうになる。

知らないことは黙っているのが礼儀

二〇〇九年十一月十日、民主党の小沢一郎《おざわいちろう》幹事長は、和歌山県の金剛峯寺《こんごうぶじ》で全日本仏教会会長の松長有慶《まつながゆうけい》・高野山真言宗管長と会い、その後記者団にキリスト教は「排他的で独善的宗教だ」。イスラム教も「キリスト教よりましだが、イスラム教も排他的だ」と述べた。キリスト教の団体がそれに抗議《こうぎ》したというが、私は義理で訂正されたりすると後の気分がよろしくない。

人間の発言には根拠が要る。ことに政治に責任を負う人は、学者と同じくらい厳密な資料が必要だ。感情でものを言う人は指導者ではない。

いい機会なので、この小沢氏の発言が正当かどうか、私情は一切交えずに、聖書のみを資料として、何と書いているかだけを紹介しておこう。ただし信仰の神髄を実生活において守らない人がいるのは、どの宗教でも同じである。私は小学校で「教義をその人的な部分で判断してはいけない」と教わっている。

信仰を歪《ゆが》めた者も、命に懸《か》けて守った人もいる、というだけのことだ。

新約聖書に凝縮《ぎょうしゅく》されるキリスト教の本質は以下のようなものだ。

「柔和な人々は、幸いである、その人たちは地を受け継ぐ。

平和を実現する人々は、幸いである、その人たちは神の子と呼ばれる。

義のために迫害される人々は、幸いである、天の国はその人たちのものである」

「悪人に手向《てむ》かってはならない。誰かが、あなたの右の頬《ほお》を打つなら、左の頬をも向けなさい」

右利きの人が手の甲で相手を打つと、右頬を打つことになる。手の甲打ちは、相手に対する侮辱を万座の中で示すことであった。そんな仕打ちを受けてもなお抵抗せず、反対の頬を差し出して打たれなさい、ということである。

「敵を愛し、自分を迫害する者のために祈りなさい」

「わたしが求めるのは憐れみであって、いけにえではない」

「殺すな、姦淫《かんいん》するな、盗むな、偽証《ぎしょう》するな、父母を敬え、また、隣人を自分のように愛しなさい」

隣人も敵も自分のように愛しなさい、という掟《おきて》は執拗《しつよう》なまでに繰り返し述べられる。また、「わたしの兄弟であるこの最も小さい者の一人にしたのは、わたしにしてくれたことなのである」というのもある。

金も住居もなく、衣服にも事欠き、病気や不遇《ふぐう》に苦しむいわゆる「難民」を優しく遇した人に、イエスは感謝を述べている。

「医者を必要とするのは、丈夫な人ではなく病人である。わたしが来たのは、正しい人を招くためではなく、罪人を招くためである」「敵を愛し、あなたがたを憎む者に親切にしなさい。悪口を言う者に祝福を祈り、あなたがたを侮辱する者のために祈りなさい」「人に善いことをし、何も当てにしないで貸しなさい」「あなたがたも憐《あわ》れみ深い者となりなさい」

あまりに多くて引用しきれない上、聖書の言葉で原稿料を稼ぎ過ぎるのも気が引ける。キリスト教をご存じなくても、国内問題なら氏の発言も日本人は見逃す。しかし勉強していない分野には黙っているのが礼儀だろう。また宗教について軽々に発言することは、少なくとも局地紛争以上の重大な対立を招くのが最近の世界的状況だ。それをご存じない政治家は決定的に資質《ししつ》に欠けている。

「上から目線」と「下から目線」を兼ね備える

最近、私は偶然二つの大学の学生たちに会う機会を与えられた。午前中に教育再生実行会議のメンバーとして、慶應義塾大学の総合政策学部と環境情報学部の置かれた有名な湘南藤沢《しょうなんふじさわ》キャンパスを訪問した。そして同じ日の夕方には昭和大学に行き、平成二十三年から毎年マダガスカルの貧しい口唇口蓋裂《こうしんこうがいれつ》の子供に形成外科手術を行っている医師たちとともに、今年から同行するようになった医学部生たちの現地報告会を聞いたのである。

慶應も昭和もそれぞれに難しい入学試験を通って入ってきた秀才たちで、誰もが個性的に自己を語ってくれた。

ただ立場上、職業上、両者には大きな違いがあった。総合政策も環境情報も、もちろん現実は個々のデータを重んじるのだが、学問の作業としては大量の数値を統合し分析する。

つまり大局を摑《つか》んだ「上からの目線」なしにはできない学問である。しかもその処理はコンピューターを使うのだから、作業のほとんどは空調の行き届いた空間で行われるだろう。

一方、昭和大学で始まった学生たちの派遣先は、マダガスカルの貧しい地方であった。今年初めて医学、歯学、薬学、看護学の各分野から最終学年の一年前の学生が送られたのである。

彼らは、修道院の一室に泊まり、南半球の寒さと闘いながら、付属の病院で貧しい人たちに接し続けた。栄養の知識の全くない貧しい親たちは、子供にも簡単に砂糖を与えて飢えを宥《なだ》め、自分と子供の歯磨きもしたことがない。だから虫歯はもちろん糖尿病も多いのだという。土地の歯科医の治療は、虫歯になったら歯を抜くことなのである。

生後まもなくの子供にたかったシラミは予想していなかったので、薬を持参していない。土地の人に聞いて、生のアロエを塗って駆除に成功した。

人を助けるには、二種の知的・情感的視線が必要だ。政治的配慮や制度の作成と実施が必要なものは、どうしても上からの目線に立つ。一方、現場に出た学生たちが得た生《せい》の充実感は、どん底から人間を捉《とら》えた「下からの目線」によって可能になる。

私自身は本能的にこの現実をまだ若い時に嗅《か》ぎつけた。つまり、書斎の中の読書と思考だけでは創作の源泉も枯渇する。創作などしなくてもいいのだが、現世を歩き廻《まわ》る楽しさも捨てがたい。「犬も歩けば棒に当たる」と言いたくなるほどの、素朴な楽しさであった。

哲学の「逍遥《しょうよう》学派」と呼ばれる人たちは、「歩き廻る《ペリパテーオー》」という行動からものを考えたというから、人間の健やかさには、両方の面が必要なのだろう。ゆえに書斎派が体験派を侮蔑するのもおかしければ、体験だけで十分とするのも怠け者なのである。

現代の若者たちは、やはりコンピューターという書斎派の暮らしに傾くだろう。しかし現場に出て人生に触れると、強烈に人間の本質がわかる。教育の成果は今後この調和にかかっている。

教育に方程式はない

安倍晋三首相は熱心に教育改革を図《はか》ろうとしておられるという。

多分民間の多くの人も同じ思いだろうと思うが、実は私個人には、なぜこれまで、教育というより、人間の生きる姿の基本部分を教えなかったのか、という思いが強い。戦後六十八年、日教組の教師たちの言うままに、たくさん間違った教育をしてきたのだから、骨のある人間を作る方向とは逆の道を行くことになっても不思議ではなかったのだろう。

首相が「強い日本を取り戻すため、教育再生は不可欠だ」と、第一回の教育再生実行会議のときに言われたのを受けて、二月十日付の毎日新聞では、寺脇《てらわき》研《けん》・京都造形芸術大学芸術学部教授が首相の「強い日本」ということに関して言う。

「『世界の一等国でありたい、それがダメでもせめてアジアで一番でいたい』ということでしょう」

確かにそう受け取る人もいるだろうが、それはあまりにも子供じみた、解釈だろう。今や強いということには、実にさまざまな要素が加わっている。まともな意味での経済的、政治的、戦力的力があるということから、スポーツや芸術に強い国もあり、しぶとくて打たれ強い国民性なども評価される時代だと、私は思っている。全く個人的な感覚だが、私の中では貧乏に強いとか病気に罹《かか》らないなどという要素さえ尊敬に値する強さだとして、常に意識されているのだから、教育論議というものはバラエティーに富んでいる。

また同じ欄に紹介された東大の本田由紀《ほんだゆき》教授（教育社会学）は「安倍首相が『取り戻し』たいのは、彼の思い描く『美しい国』。国民が皆、私の思うような人間になってくれればそうなるはずだ、という思い込みが、彼を教育再生へと駆《か》り立《た》てているように見えます」と書かれている。

安倍首相の思い描く「美しい」日本が、そのまま社会や個人の生きる姿勢に結びつくと解釈するのは、むしろ国民に対して失礼なことだろう。首相の理想であれ、国民がそのまま受け取るなどということは、人の心というものを知っていれば、あり得ないことだ。日本人が千人いれば、理想とする日本は千通りあるはずだ。しかしだからこそ、共通した基本理念が必要になってくる。他者や自分を安易に殺さないこと、などは、どんな社会でもその人の人生を、謙虚な成功に導く基本である。

本田教授は「国の役に立つ次世代を育てるため、まず親を何とかしようというのでしょう。しかし家庭の経済基盤が脆弱《ぜいじゃく》になっている今、むしろ必要なのは家庭を支えることです」とも書いている。

もちろん家庭は経済的にも安定する方がいいに決まっている。しかし私の子供のころ、世の中は貧しい家庭だらけだった。宿題をするより店に立って働け、と子供を怒鳴る母親が私の家の近所にもいた。食うに事欠く家庭も珍しくはなかった。しかしそういう家庭の子供が、ぐれたという話を聞くのはむしろ稀《まれ》であった。学歴はなくとも、親切で働き者で、独立心の強い人物も育った。貧家の秀才は、現実に見えるところにいたのである。

貧しさの中からも、立派な人は生まれる。豊かさの中から当然、偉大な芸術も生まれる。その複雑さが教育の恐ろしいところだ。

第4章

安全な社会の残酷さ

私は一度も安心して暮らしたことがない

ある日の夕方、NHKのニュースを見ていて、私はおかしな気分にとらえられた。そこに出てくる、たくさんの人たち——校長先生、母親たち、視力障害者、漁港の人、アナウンサー——などが流行語のように「安心して……したい」と言うのである。安心して仕事を始めたい。安心して子供を外で遊ばせたい。安心して昔と同じように暮らしたい。

私は私の人生で、かつて一度も、安心して暮らしたことはない。今一応家内安全なら、こんな幸運が続いていいのだろうか、電気も水道も止まらない生活がいつまでできるのだろうか、私の健康はいつまで保《も》つのだろうか、と、絶えず現状を信じずに暮らしてきた。

何度も書いているのだが、安心して暮らせる生活などというものを、人生を知っている大の大人が期待するものではない。そんなものは、地震や津波がこなくても、もともとどこにもないのである。アナウンサーにも、最低限それくらいの人生に対する恐れを持たせないと、お子さま放送局みたいになって、聞くに堪えない軽さで人生を伝えることになる。

安心して暮らせる生活を、約束する人は嘘つきか詐欺師。求める方は物知らずか幼児性の持ち主である。前者は選挙中の立候補者にたくさん発生する自分で働いてお金を得ている人は、現実を知っているから、なかなかそういう発想にならない。

しかしこれほど多くの人が「安心して暮らせる生活」なるものが現世にあるはずだ、と思い始めているとしたら、それは日本人全体の精神の異常事態《いじょうじたい》だ。ことに、これだけの天災と事故が起きた後で、まだ「安心して暮らせる状況」があると思うのは、不幸な事態から何も学ばなかったことになる。

政治家が、よくわからない時に限って、「きっちりとやる」と言う癖があることは国民も気づき始めたようで、先日投書にも出ていたが、大きな事故の後は臨機応変の処置をしなければならず、日々刻々変化する状況に対して柔軟に戦略を立てていかなければならないから、決して大口をたたけない。一方、国民の方は昔から原発を「絶対に安全なのか」という言い方で追いつめてきた。「いや、物事に絶対安全はありませんから、事故の場合を想定して避難訓練もいたします」と原発側が言ったとすると「事故が起きる想定の下で、原発建設をやるのか！」とやられるから、「原発は絶対に安全です」という子供じみた応答《おうとう》になる。

しかし物事に「絶対安全」ということはないのである。今後いかなるエネルギー政策をやろうと、絶対の安全はないという認識が国民の側にもないと、物事は動かない。もちろん安全は必要だから、執拗《しつよう》により安全を目指すことは当然だ。

「安心して暮らせる」とか「絶対安全でなければ」とかは、共に空虚な言葉だ。それはこの世に、完全な善人も悪人もいないのに、幼稚な人道主義者が、自分は善人でそうでない人は悪人と分けることと似ていて、こんな子供じみたやり方では、政治はもちろん、経済も文学も成り立ちえない。国民全体が知らず知らずに感染している「安心病」をまともな感覚にまで引き戻す特効薬はないものか。

「ベスト」でなく、「ベター」を選ぶ知恵

先日、「リスク・マネジメント」について書いた経済学者のエッセーを読んだ。私もその問題には非常に関心があるのだが、庶民的な生活しか知らないから、三・一一の東日本大震災の前から自家に四〇〇リットルの水の備蓄《びちく》をしていたというだけのおかしさである。私は自分が弱いから、非常事態になったとき、社会に負担をかけそうなのを防ごうと用心していただけだ。

しかし……どんなに用心したって、完全にリスクをなくすことはできない。リスク・マネジメントということは、完全にリスクをなくすことではなく、リスクをできるだけ減らすことへの努力なのだ、とその先生も書いていらっしゃ

った。こういう当然のことが、私たち素人には正確に意識されていない。

原発が建設されたら同時に、事故が起きたらどう対処するか、という訓練が行われるべきなのだが、「避難訓練するようじゃきっと事故はあるんだな。それならそんな危険なものは認められない」となるから、事業主は訓練もできない。

事故がなくて済む便利なものはないのである。飛行機、自動車、列車、どれも事故をゼロにすることはできないが、必要だから存続している。自転車や乳母車にさえ事故はある。人知はその利便性をできるだけ多く使い、危険を減らす努力をする。

このごろ、極端なことを言う人が増えた。「絶対の安全を保証せよ」とか、「戦争のない平和な世界の構築《こうちく》」などという言葉を恐れげもなく使う。今の近東やアフリカの状態を見れば、部族抗争を単位とした、利権《りけん》争いや飢餓や貧困の問題が、平和を願うことだけでなくなるということはあり得ない。

人生では、最上（ベスト）と最悪（ワースト）はほとんど起きない。結婚だってそうだ。

「縁談は二つあったのよ。一人はあんまり風采《ふうさい》が上がらない人だったけど、話してみると声がよくて、話がおもしろくて誠実そうだから、そっちにしたの。それが今の夫……」

というような話はクラス会でよく聞く。むしろ人間に要るのは、ベター（よりよい）を選んで、ワース（より悪い）を避ける知恵なのだ。

ベターを選ぶと、ベストではなかったのだから、諦めた部分があるはずだが、私たちは手にできなかった部分から、得たもの以上に学ぶことがある。

最近、歯切れのいい、政治的で人道的なことを言い切れる人は、人間把握において幼い人であることがよく見える。第一、そういう人は、自分も社会もベストを選べると思っている。しかしさまざまな理由から、人生はそれを許さない。時期が悪かった。何より経済的に金がかかった。政治的な横やりが入った。などの理由で、人は常にベストではなく、その時々でベターな道を選んで生きる他はない。

三・一一は、日本人に多くの教訓《きょうくん》を残した。国家や企業を非難するだけでなく、地道にその負《ふ》の結果を取り出し、分析し、失敗を未来に切り開く技術や制度に結びつける道を選ぶことが、日本人に課された使命になっているはずだが。

無能な生活者としての私

ここ数カ月の間の読書の中で、どうしても忘れられない人物像や光景というものは幾つもあるものだが、中でも決定的だったのはレドモンド・オハンロンの『コンゴ・ジャーニー』（新潮社刊）の中に出てくるジェラール・ビュルリオンという三十代後半の白人である。

彼が住んでいるのはコンゴ共和国のウバンギ川を遡《さかのぼ》った奥地だ。

私は日本人のカトリックの修道女などが、首都から数百キロも離れた奥地で、何年も数十年も病人や教育を受けられない人たちのために働いているケースをたくさん見てきた。

　他の政府機関、商社、ＮＰＯなどで働く人たちは、例外を除いて、ほとんど寄りつかない地域である。

　ここに何年住んでいるのか、というオハンロンの問いに対して、ジェラールは答える。

「ぼくかい？　アフリカに？　二十四年間。ここが好きでね、アフリカ人だから。アフリカはいい。平凡な言い方だけど、ぼくは激しくて実際的な人間でね、森林管理人であると同時に何でも屋でもある。フランスだとどんな機械もあって、それを修理する専門家もいるが、ここでは何をやるにしてもぼく一人だ。(揚水《ようすい》ポンプと発電機を指し示した）あれもそう。蛇口から水が出なければ、それはぼくの責任。誰に文句を言うこともない。そういうのが好きなんだ」

（本文から）

　この何気ない一言が、この地球上で最も無能な生活者の一人と思われる私に痛烈なパンチを与えるのである。

ジェラールの父はコンゴのブラザビルで十二年間法律を教えていた。男女八人の子供たちはすべてそこで育った。ジェラール自身は都合十三年間フランスにいたが、どうしてもヨーロッパの暮らしに馴染《なじ》めず、ボルドーで森林管理の学校に通った後再びアフリカに戻った。

「森に関わることが、もうぼくの天職と言っていい。これ以外考えられないし、働いていて楽しい。毎日、朝四時から夜十時まで働いて、苦になるどころか、幸せでしかたがない」（同）

とジェラールは言う。

常々私は自分がほとんど何一つとして自然に対処できる能力のない人間であることを恥ずかしく思っている。

丸太も組めない。溝も掘れない。発電機を操作したこともない。

もっとひどいのはジャムや水の壜《びん》の口が固く閉まっているだけで開けられないことだ。だからジャムの壜の口を開ける「道具」なるものを数種類揃《そろ》えている。もしこれらのものがなかったら、私は、ジャムや水の壜を目の前にしながら、渇きと飢えで死ぬ滑稽《こっけい》な老人になりかねない。

「激しく実際的に」一人で生きる術《すべ》を持っている人間は皆それなりに自信を持っている。

一人で生きられるだけでなく、その技術で人助けもできることを信じている。しかし生活の機能が細かく分割し専門化した都会型の文化の中に住み、その偏《へん》頗《ぱ》な姿に気づかない人は、基本的な自活の自信もないし、一旦《いったん》そのメカニズムが壊れれば、たわいなく原始の中で自滅する。

「不如意《ふにょい》」に耐える訓練

私の子供の頃、今の人たちから見れば生活の中で輝いていたものはほとんどなかった。

便利なものもなかった。洗濯機のない時代、子供の私はしばしば浴衣だのシーツだのを手で洗って絞《しぼ》るということが、どんなに大変な作業かということを味わった。あの仕事がなくなっただけでも、戦後の生活はありがたい。

それはつまり、今の家庭の生活は肉体労働の上で、楽になったということだ。と言うと、当然異論も出るだろう。教育費はかかる。老人世代は、死ぬまで十分な貯蓄を持てるかどうかわからない、という不安にさいなまれている。

一言で言うと、戦前の生活は「不如意」なことだらけだった。不如意というのは、経済的にも苦しく、かつ思い通りにならないことだ。よその家庭は知らないが、私の母は私にこの現実をしっかりと植えつけた。人生は「原型として不如意なもの」なのだから、それに耐える力をつけ、できれば人に尽くして生きなさい、ということだ。

しかし今はどうしてか、人生は原型として不如意なものだ、とは教えない。努力をすれば、政治や社会の力で、一切の矛盾は解決されると教える。

東日本大震災のことを忘れまいと皆は言う。被害を受けた当事者は、忘れようとしても忘れられるものではない。しかし不幸な目に遭《あ》った人に、昔は「忘れる」ことを望んだものだ。

終戦直前の何度かの東京空襲の際、十三歳の私は軽い砲弾恐怖症《シェル・ショック》のようになったという。ほんの短い期間だったが、口もきかず泣いてばかりいて母を困らせたらしいが、皆が私に空襲のことなど忘れさせようとした。心的外傷後ストレス障害などという発想もなかった時代である。

病気の感染を防ぐにはワクチンなどの予防注射が要る。それと同じように戦前の私の親は、一面でワクチンとして常に私に不幸や災難の予想をさせ、それに耐える訓練をし続けていた。

しかし今の政治は、「皆に優しい」社会を目指しているから、若者にも高齢者予備軍にも訓練をしない。いじめは決してなくならない、と私は思っているのだが、教育関係者は、制度で救えると信じている面がある。しかしほんとうにいじめを自他共に心の中から払拭《ふっしょく》できるのは、自分というものの生かされ方を社会の構造の中で明確に認識した時だけだ。

昔はわざわざ不如意に対する訓練などしなくても、子供は自然に覚えた。その感覚が耐える力も人を助ける歓《よろこ》びも教えた。

ちょうどホテルや料亭のサービスが、過剰なほど派手にエスカレートするのと同じで、国民は現在のような程度にせよ生活できることに対する感謝はなくなり、自助努力の部分は減って期待ばかり深まり、最後には諦《あきら》めるという生の常道も忘れて、強烈な不満だけを残す。

近未来、人手不足で老人も介護のサービスを受けられない時代が必ず来るのは目に見えているのに、それに備えなくてどうするのだろう。

安全への発想力が問われる時代

被災した当事者でもない者が、被災地に立ち入るのは心ないようでためらわれたのだが、私は東日本大震災後、丸四カ月目に東北に行った。そして児童七十四人、教職員十人が死亡または行方不明になったという大川小学校の跡地にも立って、胸のつぶれる思いがした。

大川小学校は、ホテルかレストランかと思われる瀟洒《しょうしゃ》なコンクリート建てが廃墟《はいきょ》として残っているだけで、付近の町の建物は根こそぎ流されていたので、私はそこはもともと荒れ地かと思ったほどである。

学校の建設地点は北上川の河口から約五キロも入った所だった。素人には一応海とは関係ない土地に見えるが、学校の建っている地所の海抜が2・5メートルほどしかないということは、この学校が建設の段階から高潮や津波というものを全く意識に入れていなかったことを示している。

私はここに小学校児童がいたらどこへ逃げたらいいのだろうか、という思いであたりを見回した。裏山が校舎のすぐ後ろに迫っていることは意外だった。この裏山については、今でも意見が分かれているらしい。まず急峻《きゅうしゅん》で、子供にはとうてい上れない、というのはすぐにわかった。また現に地震で木が倒れてきたとか、地崩れの恐れがあると事前に言われていたとか言うが、人が二人並んで通れるだけの緩やかな傾斜の葛折《つづら》りの道を造れなかったとはどうしても思えない。

この学校のしゃれたデザインを少し犠牲にすれば、津波対策に裏山に避難路を作ることも、三階以上の避難用プラットホームを作ることもできたと思うのだ。とにかくこの校舎は、児童たった百数人の学校には不似合いの、デザインに遊びのある豪華なものだった。

県庁、市役所、学校などというところは、建物は機能性だけを重視して質素でいい。私たちの住居も特殊な芸術家の家などは別にして質素で端正ならいい。作家の家など、書庫や書斎の使い勝手さえよければ、むしろボロ屋の外見に、作家的精神が滲《にじ》み出ていたものだ。

避難場所としてすぐ後ろの裏山の整備をしなかった責任者は誰かわからないが、昔ならこういう場合、国の予算がなければ、保護者が手弁当で勤労奉仕に出て、数カ月がかりで避難路を作ったものだ。

しかし今はすぐ「行政がやればいい。やるべきだ」となる。行政がやるのは当然だが、しゃれた校舎の予算の一部を避難設備に使うことを動議《どうぎ》し、その上自分たちが金も労力も出し合って、子供の命を守るより仕方がない場合もある。こういう緊急避難的なケースが現世からなくなる世の中というものは、恐らく将来もないのである。

テレビで学校の責任をなじっている人がいたが、この場合誰一人として責任のない関係者はいないのだ。お互いに非難合戦で傷つけ合うのはやめて、今残っている命を大切に守るために、許し合って未来に向かう考え方を持ったらどうなのだろう。

とくに、自分のお金や労力を、自発的に持ち出して何かをする、という行為が損のような社会の空気を作ったのは誰だったのだろう。さらに、自分で自分の安全を独自に発想できない人間も、基本的な動物としての生存能力に欠けている。その手の教育も緊急に必須《ひっす》のものだ。

不幸の中の日本の使命

東京電力福島第一原発を初めて見て、東京で私が思い描いていた現場の姿と大きな違いがあることがわかった。

私はマスコミを通して次々と起きている問題を読んでいて、現場は疲れ切り、混乱と、もしかしたらなげやりな空気さえ漂っているのではないかと想像していた。しかしそこにあるのはむしろ静かさだった。

大勢の働く人たちとも屋内ですれ違い、彼らの生活の場所も通り、勤務する中枢の司令室のような部屋にも入れてもらったが、そこには落ち着いた日常性と、健康な人々の表情があった。それは私がもう何十年も入れてもらっている普通の土木の現場と全く同じ光景だった。

近年機械の機能性が高まったので、どこの現場も働く人の数は少ない。安全と能率を考えると、そうなるのである。もちろん実際に施工段階になると、設計ミスも発見されることはあろうし、部品の納入業者や下請けの建設業者との間に、意思の疎通《そつう》がうまくいかなくて対立する場合もあるに決まっている。しかしそれは、どこの仕事の場にも起きることだろうと私は思う。

この静かで整然とした、余裕ある日常性は、現場が一応安定した目標を持ち、それに向かって日々遅滞《ちたい》なく動いているごく普通の姿を示している。

土地の人の気持ちも聞かせてもらったが、彼らの間から「避難が解除されても戻らずに、毎月大人も子供も十万円ずつもらってたら、もうまともに働く気にならないでしょうねえ」という言葉が聞こえたのはむしろ意外だった。この点は、避難した人たちの個々の事情によっても違うだろう。人生というものは、どの一刻を取ってみても、明暗、双方の要素があって普通だ。暗い一方というのも正確ではなく、順調なら文句なし、と決めつけるのも一種の偏見だ。福島の報道には、常にこのどちらかの偏り《かたよ》が感じられてきた。

私には結論めいたことを言う資格はないが、事故を起こした原発の当事者には、次の大きな任務が課せられていると私は以前から思っていたのだ。それは世界中の原発が、事故または使用年限の終了の結果として廃炉《はいろ》作業が必要になったとき、どう安全に実行できるかのノウハウを確立することだ。通俗的な言い方をすれば、それは国家的に「経済的な価値」をも生む技術になる。事故は最悪のできごとだったが、これは大きな収穫である。そしてその自信は、現場の人たちの間に、着実に出来上がりつつあるように見える。

原発は平成二十六年一月現在、世界中で四二六基稼働《かどう》しており、建設中、計画中のものも計一八一基ある実情の中で、即時廃止をうたうだけでは現実に何ら力を持たない。あらゆるケースに対応する廃炉の技術を確立しておくことが、不幸の中から見つけた日本の使命になっている。

原発を減らす方向に私も賛成だから、わが家も太陽光発電の装置をつけた。まだ冬を越していないのでわからないが、今のところ電気は売る側に回ったので、屋内の不要な電気はすぐ消す癖がついた。人間は浅ましいものである。

人命を重んじない国はごまんとある

ひさしぶりにシンガポールへやってきて、そもそもはアメリカ系のチェーン店として発足したホテルのビュッフェの朝食に出ると、私は変なことを気にしている。

食堂の壁に沿って、三つか四つの島のようなテーブルができていて、そこにアジア系、インド・ヨーロッパ系、サラダと果物の置き場というように、分かれて食物が並んでいる。私のように、恐らく中国人と思われていて、食物上の戒律はないだろう、と寛大に見られているに違いない人間でも、そこで「習い性となっている」ようなこだわりの心理がふと頭を持ち上げるのである。

私はインド風の豆のカレーが好きだ。この豆はどんな貧民でも食べられそうな安い食材だから、ホテルの賄《まかな》いの経費はうんと安く上がっているはずだなどと言いながら、さらに日本食として用意されているご飯と、みそ汁用のネギを足し、カリカリに焼いたベーコンも二片ほどもらってきて私流にカレーの味を複雑にする。

ここは文化の中立地帯。ヒンドゥー教徒にも多い菜食主義者用の料理に、イスラム教徒は不浄な食物として嫌う豚肉のベーコンを加えても、私は別に殴られもしないだろうけれど、隣のテーブルの客がインド人でもアラブ首長国連邦人でもないことを、一瞬願う気持ちはぬけない。

日本を離れる前から気になっていたのは、日本人技術者たちも働いていたアルジェリア南東部の現場の人質事件（２０１３年１月16日の早朝、アルカイダ系の武装勢力が、アルジェリア南東部の天然ガス精製プラントを襲撃、日本の日揮の社員ら10名も犠牲になった）のことで、日本の安倍総理も「人命尊重を第一にしてもらいたい」と希望を述べていたにもかかわらず、犠牲者が出てしまった。

日本がいくら望んでも、世界にはまだ人命第一の原理原則を納得していない、というか、そのような考え方は彼らの歴史の中にも現在の生活の実体の中にもない、という暮らしをしている人々が何十億人もいるはずである。アメリカの中にも、警官隊に銃口を向けただけで、それが大学内の学生だと思われる相手でも、その場で発砲してかまわない土地があるのだ、と教えてくれた人もいる。

日本では、とにかく人命第一を思う気持ちに同感する人が絶対多数であるのと同様に、電気が普及していないために民主主義など実行できない社会の形態を生きる人々が、自分の属する部族が生きのび、敵対部族の勢力を凌駕《りょうが》するほかはないと思っていて、その目的のために時には犠牲者が出ることも致し方ないと思う歴史の中に生きている。

自分たちの歴史にかけて思い込んだ思想を、他人が変えることはほとんど不可能だ。日本人が人命第一だと信じている思いも、他の国の人々にとっては全く現実性を持たないし、他人の理由で急に変えさせようとすると悲劇が起こる。しかし日本の若者たちが、いささかの危険があろうとも若いときに外国に出ていって、自分と違った文化を生きている人々について学ぶことは大切なことだと認識させねばならない。

同時に私は、外国からの留学生の数を増やして、日本の文化を理解させ、可能なら自然に「日本好き」にして母国に帰す、先の長い人間的・文化的投資を今後ますます行うことを政策にしてもらいたい。人間は自分が納得《なっとく》した実感は、しっかりと身につくからである。

第 5 章

ものごとには
必ず裏がある

現実は常にイメージを裏切る

新聞の紙面を読むとしばしば私の気持ちの中で、渦《うず》を巻いている矛盾を感じる時がある。それは「表と裏」の問題である。表向きには確かにそうなのだが、しかし裏には決してそんなものではない部分があることを感じて、私は悶絶《もんぜつ》するのである。

二〇一〇年七月の初めの新聞の記事の中でもこの手のことがあった。パレスチナ問題である。イスラエル占領下のパレスチナでは、目視《もくし》できる距離にイスラエルの兵士がいて狙撃される可能性もあるし、緊張が高まればすぐに外出禁止令が出て、急病人を病院にも運べなくなる、と記事は書いている。

UNRWA（国連パレスチナ難民救済事業機関）がそうしたパレスチナ難民の生活を見ている。現在四七五万人のパレスチナ難民の福祉や教育を支えているのだそうだが、資金不足は重大な支障になっているという。

私は一九八五年にUNRWAの招待を受けてあちこちのパレスチナ難民キャンプを見せてもらった。ただし私は疑い深い性格なので、日本国籍のアラブ女性を私設秘書として自費で同行した。アラブ人たちが何を話しているか、解説してもらうためである。

パレスチナ人たちがひどい生活をさせられていることは事実だった。しかし日本のマスコミは、いつも一方的にイスラエルが悪く、パレスチナ人がかわいそうという書き方をする。両者は同じセム文化を継承《けいしょう》し、共に一神教を信じて非常によく似ている。

難民キャンプにはもちろん貧しい人が多いが、中にはカットグラスのコレクションを楽しんでいるような豊かな家族もいて、その人々も保護の対象になっていた。学齢に達するかどうかの子供にまで、レンジャー部隊さながらの訓練を施して、イスラエルとの戦闘に備えてもいた。パレスチナ難民もまた「目には目を」のハムラビ法典の生き方を踏襲し、いい意味でイスラエルと同じように闘う人々であった。

ガザで私は、一方的にアメリカを罵《ののし》る女性教師に会った。当時最もパレスチナ難民のために金を出していたのは、第一にアメリカ、第二に日本だった。それで私は、「そんなに悪いアメリカから、あなたたちはどうして金を出してもらうんですか？」と尋ねた。すると彼女は激昂《げっこう》し、「アメリカは自分が悪いことをしたと思っているから、金を出しているのだ。だからもっと取ってやればいいのだ」と言った。政府が人道上の援助の金を出すと、それは賠償の意味になるということを私は初めて知ったのである。

私が連れて行った通訳によると、この女性教師はその後急にアラブ語だけになり、「こんなことを言う女（私のこと）は誘拐《ゆうかい》してやればいいのだ」と言ったという。

このことを笑い話の程度に、私が当時エルサレムにいたUNRWAのアメリカ人所長に言うと、彼は自分のラジオカーを貸すから以後タクシーに乗ってはいけない、と警告した。誘拐の危険を防ぐためである。そのおかげで私は昔アラビアのロレンスが泊まっていたというアメリカンコロニーという優雅なホテルから一歩も出ずにエルサレム滞在の期間を過ごすはめになった。パレスチナ人だけがかわいそうな「罪なき人々」なのではない。ものごとには裏も表もあるのである。

義援金を届けるという困難

ハイチ地震の被害は、人的被害だけでも三十万人に達するだろうと、外国のテレビ放送が言っている。二〇一〇年二月五日の英字新聞では、二十五万人が家を失い、三万の会社がつぶれ、手足を切断された人は四千人に及ぶという。単なる複雑骨折で回復までに三年かかった私の個人的経験からみても、四千人の後遺症を受けた人たちが、普通の仕事に就《つ》けるようになるまでには大変だ。義足義手、障害者が自分で動ける生活上の整備、どれ一つとってみても、現在のハイチの状況では困難なことばかりである。

日本では歩けない人が電動車いすですいすいと動いているのをよく見かける。あのようないすを使えるのは、まず国中に電気があること、ほとんどの道が舗装されていることが最低条件だ。途上国では普通の手動式《しゅどう》の車いすでさえ、でこぼこの路面のためにすぐ壊れて使えなくなる。

ハイチの人々は「政府は何もしてくれなかった。仕事も必要な食料さえ供給しなかった」と現在完了形で語っている。ということは、ハイチの悲劇は地震以前から続いており、地震でそれが改変される気配はますますなくなったということだ。この西半球でも有数の貧しい国には、もともと栄養失調の人々がおり、国民の半分以下しか水道を使っていない。地震の後、建物の多くはペチャンコになり、その突然の廃墟を漆黒《しっこく》の闇が襲った。人々はどうしていいかわからなかった。もともと機能していなかった政府は、地震の瞬間から既に消えていたのだろう。

今、日本では募金活動が展開されている。しかしお金というものは、集めるよりも、それをもれなく使う方が難しい。正直なところ日本国内で集めたお金の行き先と使われ方を、正確に事後調査をしてドナーに報告できる組織は、どれだけあるかと思う。

お巡りさんや軍隊なら、正確に届けてくれるでしょう。教会なら大丈夫ですね。貧しい人に対する援助を盗む人なんていないでしょう、などという善意に満ちた甘い言葉を聞き続けて数十年、私はとまどい続きである。多くの国では、閣僚が一番多額に盗む。貧しい人が貧しい人への支援物資を残酷に奪う。一部ではあろうと、国連の機関もまた現地職員は特権階級で、国連の機能は人件費をまかなうために多く費やされ、「事業仕分け」など見たこともない。

あるとき、途上国に詳しい人と援助金を正確に被災者に渡すには、私たち自身が一ドル、十ドル、百ドルなどの紙幣をハラマキに入れて現地に持っていくほかはない、と話しながら笑ったことがある。お婆《ばあ》さんが家を失って困っていると訴えたら、その場で百ドルを握らせる。少年が食べていない、と言ったら素早く十ドル紙幣を渡す。それ以外に確実に義援金《ぎえんきん》が届く方法はほとんど考えられない。

しかしこのやり方にも危険がある。百ドル札をもらった老婆は村の男に強奪される。偽《にせ》の被災者が続出して、いかにも家族と家を失ったような嘘をつく。私たちが札束を持って現地に乗り込んだのだとわかれば、まず私たちが襲われて金を奪われる。

義援金を集めるのはむしろ簡単だ。それから先の使い方の方が至難の業だ。その方法が確立しているとは思われない現実を、日本人はもっと知るべきだろう。

見捨てられた国

二〇一〇年一月十二日、地震でひどい被害を受けたハイチに関する私の記憶は、既に災害が起きる前から、どれも秩序の欠如《けつじょ》した光景であった。

一九九五年から九年半日本財団で働いている間に、私は元カトリックの神父だった当時のアリスティド大統領の表敬訪問を受けた。この人は解放の神学の思想を持ち、神父として生涯生きることを自ら神に約束しながら、それを破棄し、結婚して政治家になった。

九六年秋に私は、長年日本で幼稚園教育に携わった後にハイチで働きだしたシスター本郷幸子とハイチに入った。シスターは既に六十九歳だったが、貧しさのゆえに初等教育もろくろく受けていない子供や大人たちのための識字教室を主宰《しゅさい》していた。そこで食事も与えていたので、私たちのＮＧＯが経済的な支援をしていた。

アリスティド大統領の主宰する財団が経営するストリート・チルドレンの施設にも行ったが、子供たちは遊具一つなしにただ壁にもたれかかって時間をつぶしていた。私たちが日本から持参したサッカーボールを渡したとき初めて彼らの目に生気がよみがえった。

大統領はちょうど外遊中だったが、治安を気にしてか私たちに身辺警護の警官を一人残していってくれていた。それでも途中でシスターは自転車と腕時計をはぎ取られた。

数年ぶりのハイチを見たシスターがまず驚いたのは、かつて青々としていた丘が、毎日の炊事用の薪《まき》にするために木を切られて、はげ山になっていたことだった。山から木が失われると、とたんに平原にサボテンがはびこり出す。そのとき既に、ハイチは国家として荒廃していたのだ。

道路はすさまじい未舗装の悪路だった。首都からわずか一三〇キロのエンシュまで行くのに、四駆で約六時間。行き交うトラックは古く未整備の上、荷物の積み付けがでたらめだから、横転しない前から傾いて走っていた。

シスターの生徒である子供たちの土の家には、水も電気もトイレもろくな家具もなかった。地震で壊れる前から屋根にボロを載せて雨よけにしている家もあった。シスターが子供たちに対する教育的な意味で植えさせたトウモロコシは収穫直前で全部盗まれた。一国の農業を壊滅《かいめつ》させるには、この方法が一番有効だ。まともな人間は自分の畑の収穫を盗まれると働く気を失い、国家としても個人としてもただ他者のお恵みを当てに、働かなくなる。

カトリックの施設で働く笑顔のきれいな青年がいた。彼は教会の車のガソリンをこっそり売って生きていた。またシスターはある日、修道院の中に見知らぬ男がいるのを見た。シスターたちが、夜読書や書き物をするのに、唯一の頼りだったソーラーシステムを盗みに来た泥棒だった。彼は車がないので、一度には全部の機械を持ち出しきれず、数日後に再び堂々と残りを取りに来た。その間警察は、全く犯人の検挙の意欲も見せず義務感も持ち合わせなかった。

外国の週刊誌などは、ハイチは今回の災害で傷ついたようなことを書いている。「神と運命に見捨てられた国」という表題を掲げたのもある。しかし地震の前から、人々は半ば自国を見捨て、ただ遠くアメリカなどから、はるか祖国を人間的な思いでしのんでいたのだ。

巧妙な寄付

三・一一の悪夢の日から一年が過ぎてもまだ、あちこちで被災者支援の募金をやっている。一方で、集まったお金が、一体いつ、どのようなところに、いくら配られたか詳細を知っている人はほとんどいない。どこかに発表されたものがあるのかもしれないが、一般の国民はまず知らない。年寄りはホームページなどというものを見られないから、知る方途《ほうと》もできていない。今回の地震の後始末は、この点では落第だ。

お金を集めることは、比較的易しい。日本人は皆、同情することを知っている。国民全体の生活が、食うや食わずの暮らしも多い、たとえばアフリカの諸国などと比べて、恵まれているということもある。

しかし、集めたお金を配ることは実に難しい。ことにお金を出してくれた人に、そのお金の使われた先を、子細に正確に伝えることは義務だと思うのだが、その点は多くの組織が果たしていない。

東日本大震災の義援金の用途を監視する第三者的機関はあるのだろうか。世間には、募金の内容を決してチェックできない組織がいくらでもある。たとえばUNと名のつく所は、ほとんど調査ができていない。「あなたがいくら出してくれれば、こんないいことができますよ」とテレビでも言われて人々はお金を出すのだが、それが一体いくらどこに使われたのかの報告も受けられず証拠もない。ことに必要経費、人件費などはどうなっているのか、いくら計上しているのか、普通の人は内容を知らないままである。

震災を契機《けいき》にお金を集め出し、それが意外に有効な集金方法だということを知った詐欺的グループもあるという。もちろん被災地の損害は一年では復旧しない。その場合は何にいくら募金しますと目的を明確にすべきだろう。被災地支援が三年も五年も漠然と続けられると、必ずそれを食おうとする人々が出てくる。

国連の機関でも、してはならない募金の方法を取っているところがある。

いつか私は、外国のある都市の有名なチェーンのホテルで、到着の時にカードを渡された。疲れていたのと眼鏡をかけていなかったのとで、私はカードをすぐには読まなかった。

出発の日の支払い時に、私は食事代やファクス代は調べたが、わずか五〇〇円くらいの小さな項目だけは見過ごした。何かの税金かサービス料だろうと思っていたのだ。ところが空港への車の中で改めて見てみると、国連の一つの人道支援機関への献金が勝手に引き落とされていたのである。到着時に渡されたカードにはもし賛成なら寄付してくれ、とは書いてあったのだが、私は国連には一切出さないことにしているので、寄付に賛成する旨は伝えていない。

こういう手口は、かなり悪辣《あくらつ》な組織が考えたことかもしれない。わずかな金だし、ホテルに戻って文句を言う時間もないので誰もが放置する。それが全世界では巨大な額になる。何人からどれだけ集まったか、証拠の示しようのない金だから、いくらでもごまかせる。その結果その機関では、うやむやの金を私物化する悪人が出る。漠然とした被災地支援《しえん》はどんなに長くても三年で区切るべきだし、またお金の使い方の詳細な内容の公表を、寄付者は厳しく求めていい。

お金をねだる子供の芝居

既に今までに何回も書いていることだが、改めて国際援助《えんじょ》についてできるだけたくさんの国民の理解を得ることの努力をしてほしいと願う。

フィリピンの災害の後、町会組織などで、義援金を集めているという話を聞いた。お隣も五〇〇円出したと言われると、まあ五〇〇円くらいなら黙って出しておこうということになるだろう。そのお金の使われ方などほとんど考えることもなく出すことを逡巡《しゅんじゅん》しない。

しかし私はそんなことをしない。一人が拠出《きょしゅつ》する額は五〇〇円ずつでも、集まれば庶民が手にしたことのないほどの高額なものになる。ましてや途上国なら、送られてきた義援金を着服して儲《もう》ける人も出てくる。

援助のお金は、使われ方を厳しく監査《かんさ》する機関と人員がいなければ、善意は、さまざまな形で援助を受ける国の役人に盗まれる機会を与えるだけだろう。貧しい国では、政治家も学者も神父もケースワーカーも盗むことがある。役所の書面上の報告で「正しく配られました」というのを信じてはいけない。

先日も、「まさか！　困っている人に送られた食料やお金を盗む人なんかいるんですか」と驚いている日本人がいたが、その手の反応《はんのう》がまだ世間に多いということが危険なのである。

昔、取材に入っていたある東南アジアの国では、病気の後遺症と思われるマヒの残った手を差し出して、金をねだった女の子がいた。私がバスでホテルを出たのは、飛行機の都合で夜半過ぎで、普通そんな時刻に子供は起きていないものだから、ホームレスだったのかもしれない。

私はその時、病院に住み込んで勉強をした後だったので、後遺症の形もよく知っていた。だから、ああ、この子供にも病気のマヒは残っているのかと思って見ていたのである。

ところでバスはなかなか出発しなかった。お金をねだっていた子供も、乗客が財布を開けないのを知ると諦めたのか、明るいアーケードの下に移動して、恐らく自転車の古い車輪だろうと思われる金属の輪を回して遊び始めた。その手つきは健全そのもので、全くマヒの気配は見えなかった。

その時、私は気がついた。病気の後遺症のように見えた手つきは、実はお金をねだるための芝居だったのだ。それにしても、病気をよく知った嘘である。

子供でも生きていくためには夜中になってもたくましい嘘をつく。私はその時、この子供を非難《ひなん》するどころか、日本人にはない苦労を知った子供だとして、尊敬を覚えたのであった。

国際援助というものは実に難しい。だまされてはいけない。しかし知った上で、嘘つきでも詐欺師でも、飢えや病気から救わねばならない時がある。貧しい人に送ったお金はきちんと相手に届けられる、とか、援助物資を盗む人などいないでしょう、というような甘い判断を払拭《ふっしょく》して、強靭《きょうじん》に現実に立ち向かい、理性的なヒューマニズムの行動を取れる日本人を、一刻も早く一人でも多く増やさねばならない。

アフリカは偉大な教師

その女性が、仮の診察室に充てられた部屋に入ってきた時、表情は硬かった。マダガスカルのひなびた地方都市、アンチラベで、今回、「昭和大学医療派遣ボランティアチーム二〇一一マダガスカル」のドクターたちが、マダガスカル島南部の広大な無医村地区に放置されていた口唇口蓋裂《こうしんこうがいれつ》の子供たちの手術を無料ですることになった時の話である。

マダガスカルの公用語にはフランス語も入っているはずだが、庶民はマラガシーと呼ばれる土地の言葉しか喋《しゃべ》らないから、通訳が問診の手伝いをしてくれる。患者の女性の年齢は三十歳。大柄で体格も栄養状態もいい。彼女は西海岸のモロンダバという町から更に南に数十キロ離れた村から、十何時間もバスを乗り継いでやってきた。日本人の口唇口蓋裂の専門のドクターたちがきて手術をしてくれるということを、カトリックのラジオ放送で聞いたからだという。

彼女の唇は中央より少し脇の部分が、ドレープをつけたカーテンのように不自然にめくれ上がっていた。「牛泥棒に刃物で刺された」というのが、その理由である。一瞬、私には状況がわからなかった。牛を泥棒するなら牛舎に直行して、母屋の人が寝ている間に牛を連れ出せばいいのではないか。

今度のマダガスカル行きの直前にも私には「牛の難」がつきまとった。現地で働く日本人シスターからメールがきて、近くの男子修道会に住む修道士たちが、極貧のハンセン病の治癒者たちの村へ稲刈りの手伝いに行った。この人たちは病気の後遺症で手指が不自由なのでうまく鎌を操《あやつ》れない。

稲刈りを済ませての帰り道、まぶしい西日をもろに受けて、彼らの自動車は脇道から出てきた牛車と衝突した。一頭の牛が即死、一頭がけがをして、荷車が半分壊れた。牛車の持ち主は財産の牛を失ったのですごく怒って、日本円で二十万円の賠償を要求してきたのだという。

「修道士たちはお金がないので困って私たちの修道院に助けを求めてきましたのでお金を貸しました。しかしそれは今度、口唇口蓋裂の手術をして頂いた後の子供たちを寝かすためのマットレスを買うお金だったので、このままでは患者の受け入れができません。予算外ですが、二十万円余分に出してもらえませんか」ということだったのである。それで私は牛の損金を支払った。

牛泥棒は、まず母屋の家族を皆殺しにしようとした。それが普通のやり方なのだそうだ。しかしこの家族は気がついて、その場で泥棒を射殺した。裁判は決して公正に行われないし、牛泥棒は仮に刑務所に入っても賄賂《わいろ》を払って早々と出所してしまい、再び牛泥棒を働く。だから多くの村で、牛泥棒は裁判にかけず村で公開処刑してしまうのだという。この奥さんは口唇口蓋裂ではないし、牛まで持っているお金持ちだが、医療のない土地でうまく唇を縫ってもらうことができなかった。

日本人は誰もが、公正に裁判が行われること、牛などめったに盗まれるものではない、と信じている。しかし世界は決してそんなに甘くない。牛どころか、島でも山でも、どさくさに紛《まぎ》れて公然と乗っ取る人がこの瞬間にも日本周辺にいないわけはない。

アフリカでは常に人間生活の原型の凄《すさ》まじさを習う。「アフリカは偉大な教師」と私が常日頃言う理由だ。

イエスの出自に潜む「屈辱」

今夜はちょうどクリスマスイブ。私は町のざわめきに遠いわが家で過ごしているが、昔はカトリック教徒たちは断食してイエスの生涯の重荷を考える日だった。

クリスマスはイエス誕生の日だとされているが、実は多分十二月二十五日ではないだろうという説が一般的である。天文学者や人文学者たちがそれぞれに学説を立ててはいるが、そのほとんどは十二月二十五日ではない。しかし私のような素人は、それが何日であろうと、実際のイエスの生年が紀元前の何年であろうと、どうでもいいと思う。それよりイエスの生誕の背景は実際にどのようなものだったかが大切なのである。

私はカトリックの学校に育ったが、昔のカトリック教育がついぞきちんと教えなかったのは、イエスがユダヤ教徒だったという点である。イエスはユダヤ教を誠実に守り抜く意志を示しているが、同時に、信仰に生きた命を吹き込んだという点で、革命的な思想の持ち主であった。私が深く教えられなかった重大な点が告げるものは、マリアが許婚《いいなずけ》のヨセフと生活を共にしないうちに、天使のお告げによって懐胎したことによって起きただろうと思われる苦い現実である。その時から起こった深刻な社会的悲劇と差別をもろに受けたのがイエスの生涯だったということを、私は教えられなかった。

当時、結婚式を挙げる前に、許婚同士が同居することはよくあったというが、そのような事実のないうちにマリアが身ごもったので、それはマリアがヨセフを裏切って他の男と通じた結果ではないかと人々が疑っても仕方がないところがあった。

セム族の社会は、結婚までの女性の処女性を深く重んじたから、マリアがヨセフという未来の夫が決まっていながら、その人の子ではなさそうな子供を身ごもったとしたら、それはスキャンダル以上の危険なことであった。ヨセフが「マリアのことを表ざたにするのを望まず」マリアを「迎え入れ」なかったら、マリアは重大な社会的制裁をこうむっても仕方がない事件である。

しかしマリアは、ヨセフの庇護《ひご》のもとに、世間的には二人の間の子供と思われる赤子を産んだ。ナザレという小さな、私から見ると退屈極まりなさそうな村では、ちょっとした事件も簡単には人の口からも消えるものではない。今なら、未婚の母は「新しい生き方でいいじゃないの」として受け入れられる。しかし当時、姦通《かんつう》は、石打ちの刑に処せられるほどの罪であった。だからいくらヨセフが庇《かば》っても、イエスはずっと「姦通の子」と疑われたまま成長した可能性は高い。それは現在の私たちには想像もできない屈辱で、イエスはその出自のゆえに、犬の子、豚の子以下の侮辱を受けて一生を暮らしたはずである。その苦しみを、私は教会から全く教えられなかった。私は後年、歴史的なユダヤ教を、ラビたちの口伝を二世紀に集大成した『ミシュナ』から学び、さらに後年同じセム族の意識を持つアラブ社会の現実に触れて、イエスの生涯の苦悩も現実的に見えるようになった。

日本人の見るクリスマスが、どれほど浮ついたものか。イエスの生涯は、十字架上の苦悩の死だけでなく、いわれのない屈辱を一身に背負って生きることだったのである。クリスマスはその出発点なのだ。

問題のなかった時代はない

前ローマ法王ベネディクト十六世の引退宣言に伴って、バチカンの枢機卿《すうききょう》たちは、フランシスコ新法王を選出した。前法王はラッツィンガーという名前で知られた有名な神学者だったが、バチカンという組織の長、カトリック風に言うと信者という羊を牧《ぼく》する羊飼いには性格が向いていなかったのであろう。

法王という立場は、死んで初めて苦渋に満ちた現世の十字架から降りられるのであって、自ら退位するのは違法だという枢機卿の意見があったのはもっともだが、私は前法王が、自分の力が人々に与えるマイナスの影響を絶とうとして引退を決意したのなら、その判断は正しいと思っている。

人間の正義は、神と人との間の、極めて個人的な一種の「無言の会話」によってのみ、決定されるという。言葉を換えて言えば、正義は神と人との間の折り目正しい関係を指す。しかし現実の生活の中では、神と人との関係はともすれば乱れがちになる。なぜなら人は生来《せいらい》弱いもので、始終間違えるからである。それを常に正していくのが正義だという判断が私は好きだ。だからある人と神との間にいかなる会話があったか、外部の人間は推測するすべもないし、またすべきでもない。

正義は、裁判が常に厳正に行われることでもなく、少数民族が圧迫されないことを指すのでもない。一部の人たちが考えるように、正義は人間社会の横の関係において示されるものではなく、神と人との間の、縦の（時には秘密な）関係においてこそ全うされるものだということだ。

現在のカトリック教会には、問題が山積している、とジャーナリズムは言う。しかし問題が山積していなかった時代はなかっただろう。「人の世」とは、そういうものだ。

私は小学校の時に、「宗教を、その人間の部分で判断してはならない」と教えられた。すばらしい教育だった。どんな宗教団体にも、黒い羊は出るものなのである。

新法王はアルゼンチンのイタリア系の移民の家庭に生まれ、後にイエズス会という世界をリードするような学僧たちを育てる修道会に入会した。イエズス会は、日本では上智大学などの学校を経営している。

イエズス会は、世界のあらゆる僻地《へきち》にまでも危険を冒して神父たちを送り込み、どんな田舎の村ででも優秀な少年を見つけて教育した。私はひそかにそれを「イエズス会の一本釣り」と言っている。見いだされた貧家の賢い少年たちは、カトリックの神父になることを望まれはしたが強制はされなかった。それぞれの国でよい父になって、その土地の発展に働いてくれれば、イエズス会の教育目的は達成されるからである。

英語で言うと「イエズス会」は「ジェズイット」というのだが、この単語には後に「詭弁家《きべん》」とか「陰険な人物」とかいう意味まで付加された。学僧たちが、こぞって非凡な秀才だったからである。

新法王は、栄耀栄華《えいようえいが》を捨てたフランシスコ的生き方を希求し、「貧しい人々のための教会」を提唱した。同時に法王が、ジェズイット的な複雑さと叡智《えいち》を兼ね備えているとすれば、この困難な対立の時代に、教会はまさに得難い牧者を得たといえる。そうあってほしいものだ。

省エネより急務の問題

　省エネと呼ばれる運動を私が意識したのは、第一次オイルショックのときである。私は視力がよくなかったので、家の中を無駄と思われるほど明るくしておくのが好きだったが、オイルショックをきっかけに、無駄な電気はこまめに消す癖がついた。

「電気は、必要なときには十分お使いください。ただ無駄をしないようにしていただいたらいいんじゃないでしょうか」

という電力会社に勤務する人の言葉が、実に中庸《ちゅうよう》を得たいいものに思えたからだった。

　しかし最近の省エネ運動には、日本人の独善的なものを感じるときがある。昔は私たちは秋には庭の落ち葉を掃いて焚《た》き火で燃やし、ついでにお芋も焼いた。どうでもいいことだけれど、焚き火の匂《にお》いは懐かしいいいものだった。今は空気の汚染を考えて、焚き火などしてはいけないという。

便座を温める形式のトイレなら、蓋《ふた》を閉めておくと省エネになるというようなことを守ると、大変いい地球市民になったような気がする人もいる。事実しないよりはした方がいいのだろうが、それによって、自分が善良な人間になったと思い込むのも、かなり困った風潮であろう。

アジアとアフリカの多くの土地で、人々は今でも薪《まき》で炊事をしているのだ。「どうしてガスを使わないんですか？」という質問を受けると、私は答えに窮《きゅう》する。

ガスどころか、電気も水道もない村の生活だ。人々は夜になると三個の石を置いた戸外のかまどに貴重な薪を燃やして主食を煮、食べれば、星明かりや月光の下で眠る。薪を使うほか、燃料はないのだ。その薪は、主に女と子供が数キロの遠くまで切りに行って取ってくる。燃やす木の再生産のことなどほとんど考えない。薪は買えば大変高い。だから尊敬している大司教が大司教館の隣の庭で、何年がかりかで大切に育ててやっと実をつけ始めたコーヒーの木だって、時には夜中にこっそり切って薪にしてしまう。

赤ん坊は、母乳で育てるほかはない。エイズの母から生まれた子が、HIVプラスになるのは、ほとんどが母乳からの感染だ。それを防ぐために粉ミルクを買おうとしても村に売っていないのが普通だし、何より金がないから買えない。母がお産のとき死んだり、母乳が出なかったりすることは、乳児の死活問題だ。仮に金持ちの誰かが援助をして粉ミルクを贈ることにしたとしても、それを溶《と》かす水は雑菌だらけだから、乳児はミルクを溶いた不潔な水が原因の下痢で死ぬ。母親の母乳でエイズに感染して死ぬより早く、下痢で死にますよ、という医療関係者もいる。

それなら水を煮沸《しゃふつ》すればいいじゃないの、と日本人は簡単に言うが、たかだか二〇〇ccくらいのミルク用の水を沸かすために貴重な薪を燃やして煮沸消毒するほど、薪は安くはない貴重品だ。

広大なアジア大陸、アフリカ大陸で、何十億という人々が、毎日いっせいに食事のために薪を燃やしている。それ以外炊事の方法がないのだから仕方がない。この燃料問題を解決してやらない限り、私たちが自己満足のような省エネをしても、本当の解決にはならないのだろう。

第6章

日本人はどこへいくのか

静かに己を語れ

「年を取って耳が遠くなると、世界が静かになっていいものよ」という言い方をした人がいて、私はその抑制《よくせい》の利いた表現に打たれたことがあった。普通耳が遠くなると、他人や世間が話していることが聞こえず、自分は会話の外におきざりにされているようで、怒る人も多いのに、その人は静かであった。

しかし総じてこの頃は、テレビも新聞の表現も、大げさでやかましいものが多い。人をやっつけるのも実証的ではなくて、感情的な決めつけ方をする。

私たちは修業時代に、よく「花は美しい、と書いたらだめだ」と言われた。それは説明であって、相手に結果を強いることになるからである。描写を尽くして、その結果多分その花は美しいのだろう、と読者に思わせるのが表現なのだ。つまり答えを当人に出させるのが、本当の表現だと言うのである。

しかしこの頃のテレビや新聞の多くの論調は、答えを相手に押しつける。この人は右翼、とか、総理は間違っている、という結論を押しつけるのである。新聞やテレビは、個人が気楽に出版したり、電波枠を獲得したりできないものなのだから、厳しい自制が要る。判断するのは、国民であって、新聞社やテレビ局のすることではない。

マスコミという媒体の使命は、国民の判断の資料になる事実を豊富に提供することである。

おかしくもない話に対して、出演者が自分で笑ってみせるのも答えを強《し》いることだろう。「笑い声は売り物にはならないんだよ」と誰か教える人はいないのだろうか。天気を予報するのはいいことだが、傘を持って行け、気温が下がるから羽織るものがあった方がいい、などというのは、大人に対する配慮ではない。

雛壇《ひなだん》式の段に、何人もの出演者が並んで、笑ったり、同調の声を出したりする役を何というのか私は知らないが、こうした「衆を恃《たの》む」態度は、番組制作者の自信のなさの表れである。テレビの画面に映る色彩の多さに私は時々疲れて、つい日本のテレビを敬遠して外国製の番組を見る。ある人は赤が好きで、別の人は紫、他の人は黄色を好む。だから色はありったけ全部使っておけば無難という判断なのだろうが、そこでは美的感覚のないことがあらわになる。

スリラーでは、俳優が叫び声を出すドラマは駄作に決まっている。外国のよくできたドラマは、出演者が叫ばず、おおげさな演技もせず、静かに人生の暗部に響く。ドラマほど、脚本家や演出者の、人生に対する成熟度の違いが出るものはない。

災害のニュースは、一度聞いたら覚えるのに、なおも土砂災害、強風波浪に注意せよ、という「警告」を、耳にタコができるほど繰り返す。こうなるともう、放送内容の希薄さをごまかしているとしか思えない。

日本人は字が読めるのだから、時々視覚障害者のための音声を入れるほかは、徹底して現地の状況を流すのがニュースというものだ。日本はもう少し静かに抑制して己を語る国になってほしい。

魂の高貴さを失った日本人

最近の日本人に、魂の高貴さがなくなった、という。「絆《きずな》」が大切だと口で言うのはたやすいが、「絆」の原型は普段から親や兄弟姉妹との緊密なつながりを持つことであり、被災地のがれきを自分の県に引き受けることなのだが。

もっとも大震災の後では、たくさんの人たちが自分の命を危険にさらして被害をくい止めた。その人たちのことを忘れているわけではない。

しかし日本人が利己的になったとすれば、それは長い間の「人権教育」とでも言うべきものの結果が、日本人の心を破壊したと思っている。

戦後の教師たちは、「人権とは要求することだ」と言い、「自分が損になることはするな。戦争中はそれによって戦争の走狗《そうく》となり、現在では資本主義に奉仕することになるだけだからだ」と教えたのである。

私にとって「人生は、与えられもし与えもする場所」であった。私は昔から、自分が損をすることのできる人間になりたいとは思っているのだが、なかなかそうならない。人は普通の状態では、誰もが損はしたくないし、危険も冒したくないのである。それが自然の人情だ。

　今の若者たちは昔よりももっと冒険を避けるようになった。日本の現状は、断水も停電もない生活だから、「電気が止まることってあるんですか」「水を手で汲《く》んで運ぶんですか⁉」「そういう不便はわからないですね」と言うだけだ。不便も嫌なくらいだから、危険はまず敬遠するという人はたくさんいる。私も人並み以上に小心なのだが、危険のない生活というものはこの世にないし、危険を絶対に避けていたらおもしろい生活も送れないだろうと思っている。

　私は修道院付属の学校で幼稚園から大学まで教育されたので、昔の修道院の空気をよく知っている。修道院というところは程度の差こそあれ、昔からおしなべて自由がなく、この世の快楽や便利とはおよそ無縁の生き方を選ぶ場所だった。ただそこに暮らす人たちは、神が自由に命じたと思われる使命を実感していたから、いかに生涯が厳しくとも充実感をもって生きていたのだ。

一九六二年に開かれた第二バチカン公会議の結果、開かれた教会が望まれるようになり、修道院も閉鎖性を取り除いて現世と深く関わるようになった。すると夜明け前の起床、カーテンで仕切られただけの大部屋のベッド、厳しい沈黙の規則、といった束縛もなくなってきた。昔のように目上の絶対的な命令で働くのではなく、修道者の個人の希望をかなえるのも大切とされた。

修道会によって会則の中身も違うのだが、中には女子修道院が、ＯＬが集まって暮らすアパートとほとんど変わらない自由を持つところも出てきた。するとその頃から修道院の志願者も減ってきたのである。

十九世紀のフランスなどの修道会は、アフリカ大陸布教を目指してほとんど失敗し、宣教師たちは次々と殺された。その時代がいいと言っているのではない。しかしヨーロッパの宣教師がアフリカで多く殺されたときほど、アフリカ宣教師の志願者が多かった時代はなかったという。

誰も死んではいけないのだが、自ら死を覚悟して働くような要素が全くない生《なま》ぬるい事業は、一方で必ず衰退する。不思議な成り行きである。

「石原慎太郎」という謎

私が石原氏と知り合ったのは、まだお互いが二十代の頃であった。それ以来、「石原さんとお親しいそうですね」と時たま人に言われる度に、「昔から知ってはいますけれど、親しくはありません」と私は言っていたものだ。

私にとって、ある人の一生を遠くから眺めさせてもらうということは一つの快楽であったから、石原氏に対する好意からでもなく、私は氏が総理になったらおもしろいのに、と無責任に考えていたものである。私自身の個人的な感覚で言えば、総理などというやな職業になりたがる人がいることを、ほとんど信じられなかったのだが、昔から知っている人が、総理になる過程を眺めるのは、現世の驚きの一つとして悪くはない、と考えたのである。

人は誰でも生涯懸けて好きなことをやるのがいいのだ、と私は思っている。私は誰の心の中も知っていると思ったことがないのだから、石原氏の心境も全くわからないままに、小説を書くというこれほどおもしろい人生の探求の方途《ほうと》を捨てて、他人のために政治をやるなどというのは、勿体《もったい》ないことだ、という思いが心をかすめたことは何度もある。

考えてみると、小説というものは、卑怯《ひきょう》さに徹する仕事であるのも本当だ。しかし一面では、作品は作家の中で、時には自分の人生以上の重さと輝きを持つ一つの実人生に変質している。架空の物語というより、自分の生きる「この世」なのである。文学の誕生では、その創造の全工程を作家は一人で引き受けねばならない、という面があるのを、私は最近発見したばかりである。他の事業と違って、小説では作品の出来不出来の責任のすべてを、自分一人で負うのである。

石原氏がヨットで海に乗り出し、微力《びりょく》な人間の力や心情などをあざ笑うような壮大な自然を前にして、なおも濃密にこの現世に執着する自分をどのように支配していったか、誰でも興味があるところだろう。

数十年の間にほとんど数回しかなかった石原氏との会話の一つ一つが、実は極めて印象的であったことを私は思い出す。作家としては当然のことだが、氏は短時間のうちに人間の性格や心理を見抜く達人で、しかも現代の政治家にはほとんど欠けている表現力があった。しかし、丁重さとか、相手の心も慮《おもんぱか》るなどという不要なデリカシーは使わないことに決めていたという印象がある。それが氏の誠実と強さだったのだろう。

だから石原氏には、常に強固な個性の土台があった。今の政治家に欠けているのは、よかれあしかれ、その人であるという思想だ。石原氏の後継者を出せなかった時代の貧困な浅はかさが、今浮き彫りにされた感じである。

日本人は本当に勤勉か？

日本人は勤勉だ、という思い込みは、私の中にも根強く存在している。私は本当は手抜きが好きで、めんどうくさいことは最初からやらない性格なのだが、それでもいやいや凝《こ》り性をやっている。この矛盾をどう説明したらいいかわからない。

しかし最近の日本人は、どうしてこんなに休むのだろう、と思うことはある。国民的休日が多すぎるのだ。休日が週末に当たると振り替え休日で三連休になる。何の理由でこんなに休むのかもわからなくなる。働く日が少なく、夜間作業もお断りなどとなれば、顧客が減るのは当然のことで、もう少し日本人は過《か》酷《こく》な労働に耐えるようにすべきだろう。

ということは、夜遅くまで働けということではない。健康でいい仕事をするには、会社を出てから次の日に家を出るまで、どうしても十二時間はあるべきだ。そういう原則はあまり守られていないのである。

不景気と言いながら、組織が遊び半分で仕事をしているとしか思えない例は多い。打ち合わせや取材にくるのに、一人か二人で済むところを三人も四人もくる。子供の仕事じゃないのだから、少人数で短時間に手際よく、という訓練が全くできていないのは大手のテレビ局にも多い。

ちょっと努力すれば売れるものを「それはできません」と平然と言う店員はいくらでもいる。親切心と売ろうとする意欲がないのである。自分の店のすぐ隣や後ろの店が何を売っているかも知らない店員がいる。仕事にも社会にも興味がないのである。こういう怠け者の働き手は、はっきりと怠惰のゆえに追放して当然だとしないと、仕事はやっていけない。

最近アメリカの世論が、「ジャパン・バッシング」ではなく「ジャパン・パッシング」になったという記事を先日読んだ。つまり日本抜きで何かをしようという潮流ができたということである。

しかし私は、これはほとんど不可能だと思っている。アメリカは日本をおいて他のどの国と組もうと言うのか。仕事上の合理性が理解できなかったり、ニセモノを作る技術に秀でていたり、先天的思考停止だったり、身内贔屓《びいき》が蔓延《まんえん》していたりするような国と、最終的に手を組んでも、何もいい結果は生まれないのである。

かつてアフリカのある国で、私は一人のドイツ人の修道女に会った。長年、その国の貧しくて就学もままならぬ子供のために、識字教育《しきじきょういく》や手芸を教えていた人だが、彼女は私に彼女の手がけているクリニックを案内しながら言った。

「この国の人たちの性格には、どうしてもできないことが二つあるんです。一つは急いでやる、ということ。もう一つは正確にやる、ということです」

子供たちにクロスステッチをやらせると、あの単純な刺繡《ししゅう》方法なのに、平気であちこちで糸を飛ばす。この仕事を急いでやりなさいと言っても、決して急げない。

かつて日本人がアラブのある国で四十数人を雇って簡単な組み立て作業の工場をやっていた。そこである日ストライキが起きた。現地の日本人はたった七人で四十数人分の現地作業員の仕事をこなしてしまった。それでストライキはすぐ収まった。

すばらしい出会いも平凡な挨拶から始まる

私の知人に毎年のように豪華客船の船旅を楽しむ人がいて、その都度体験談を聞くのだが、その人は日本人を気味が悪いと思う時がある、という。

クルーズには船中に必ず日本人の十人、二十人のグループも乗っている。知人は同じ日本人としてできればその人たちとも話をしたいと思い、朝「おはようございます」と声をかけるのだが、返事もしない人がけっこういるのだという。

船上には、いろいろな国籍の人がいるから、言語の問題は確かにあるだろうが、それでも挨拶にも無言《むごん》なのは日本人だけのような気がする、という。それなら日本人は、船旅の間中、日本人だけで固まって暮らしているらしい。

この傾向は昔から、外国駐在員の妻たちにも見られた。仲良しはけっこうなのだが、日本人の妻たちだけで固まって買い物に行き、日本料理店で食べ、日本の手芸などを習っている。外国へ出たら、外国のものを食べ、見知らぬ町を歩き、外国の手芸を学ぶべきなのに、である。

最近の日本人が挨拶をしなくなったのは驚くほどである。一番しないのは、新聞記者などのマスコミ関係者かもしれない。私も海外の取材先でマスコミに指定された場所に集合したこともあるが、そこにいる人たちは、ほとんど表情がなく、口もきかなかった。同じ乗り物で移動することになってもまだ黙っている。私は仕方なく（相手に迷惑でも）自分から自己紹介をすることにした。隣席になっても口をきかない日本人といることには耐えがたかったからだ。

私は生涯に実にすばらしい人たちに会い、ほんの数分の間にも小説の一部分になりそうな会話を交わしたことも多い。それは多分、平凡な挨拶から始まったのだ。挨拶なしに、生涯記憶に残る会話や運命を変えそうな出会いに発展することなど、ほとんどないのである。

しかし今の人たちの仕事の相手は、コンピューターの画面だから挨拶は要らない。人間相手の場合は、平凡な初対面の挨拶から、抑制の効いた自己紹介の会話に発展し、相手に質問しながら相手の人柄を掘り起こそうと願い、答えながら今し方知り合った相手とこの一刻を共有する運命の不思議さに感動する。しかし機械相手なら、「初めに言葉ありき」でもなく、挨拶も要らないのであろう。

同様に誰もが無表情で不機嫌で、感謝の表現も貧しくなった。新聞記者が、取材した相手（有名無名を問わず）に感謝や励ましの言葉をかける例はごく稀《まれ》だ。取材するのが当たり前、向こうは答えて当然、と職業柄思っているのかもしれないが、それは本来の人間関係とは少し違うように思う。

人は通常会話から相手の世界に入るのだから、新聞記者会見でも、聞く側と聞かれる側の双方に「今日はご苦労様でした」「時間を取ってくれてありがとう」と思う姿勢があってもいいと思うが、お互いに慇懃《いんぎん》さを装いながら、寒々とした敵対感情しか持ち合わせないように見えるときもある。

感謝の言葉の表現には、特に個性がものを言う。コンピューターの画面には何も言葉をかけてやらなくていいが、人間はそうではない。平和や愛を口にするなら、まず個性的な挨拶と感謝の言葉を、自在《じざい》に使える人になることが、その第一歩だと私は思いたいのだ。

イエスマンの国

私は人生のほとんどを、一匹狼《おおかみ》で通す作家という仕事に就いていたのだが、時々出版の世界にも「イエスマン」がいたことを思いだす。

私は昭和も三十年近くなってから作家生活に入ったのだが、それ以来ごく最近まで闘ったのは、新聞雑誌テレビなどのマスコミの、言論統制《げんろんとうせい》であったことを、普通の人は知らない。初期の頃、新聞は創価学会に対する批判は一切許さなかった。広告収入の第一のスポンサーだったからだろう。

第二の波は、中国におべっかを使った時代である。中国の批判記事は署名原稿でも書き換えを命じられ、それを拒否するとボツになった。産経新聞以外の全マスコミが、足並み揃《そろ》えて中国や時には北朝鮮礼賛もしたのに、それを謝罪《しゃざい》したマスコミは一社もない。

第三の波は特定の人に対する尊敬を強要し、その人に対するいかなる批判も許さなかったことだ。司馬遼太郎《しばりょうたろう》氏に対する批判記事には、新聞社の幹部までが異常な反応を示し、その部分の訂正を求めて来た。しかしこれは司馬氏の責任ではない。

第四の波が、差別語に対する長い年月に及ぶ執拗《しつよう》な言葉狩りだった。最近でこそ、かなり多くの新聞とほとんどの雑誌が圧力を掛けなくなったが、私の作家としての半世紀はこの差別語狩りと闘うことも大きな心理的な仕事だった。

差別の心理は、個々に批判されてしかるべきだ。しかし現世では差別語も必要なのである。なぜなら作家は善ばかりではなく、悪を書くのだから、悪を表す表現も残しておかねばならないのである。

戦後、日本の官庁にも会社にもマスコミにも、そして家庭にも、イエスマンばかりがはびこった。理由ははっきりしている。人々が物質的な安定を生涯の希望とした結果、教育も勇気ということを全く教えなくなったからだ。つまり正しいことを意識し、自分の思想を持ったら、結果として言うべきことは言い、時には出世はもちろん命の危険にかえても自分の思想を通すべきだ、などと誰も言わなくなったのだ。

イエスマンはどの分野にもいる。もちろん芸術家にもいる。学界にも学閥を泳ぎ切るために、世にも醜悪《しゅうあく》なイエスマンが増えた、と私に教えてくれた人がいた。

かつて中国は「批孔《ひこう》」と称して孔子の思想の一切を否定する社会運動を起こした。それ以来、およそ半世紀しか経《た》たないのに、今ノーベル平和賞に対抗した「孔子平和賞」なるものを作り、しかもそれを政治的に使おうとしている。魂から、香気ではなく臭気が匂うというものだ。ただイエスマンになるのを防ぐには、組織をクビになっても何とか生きていける道を、常日頃用意していなければならないだろう。私の場合それは畑作りで、今も細々とやっている。

牡《おす》と牝《めす》で溢れる町

ふだん私はできるだけ電車で外出しているのだが、渋谷などの副都心を通ると、精神的疲れを感じてぐったりすることがある。

私は小説家だから、常識以外のものは許せない、と考えているのではない。しかしある日、私の隣に座った男性は、もうずっと以前から流行しているわざとボロボロにしたジーンズをはいていた。生地が薄くなって、大腿部《だいたい》の皮膚が見えるようになっている手の込んだものだ。

世界には、荒っぽく分けて裕福と貧困とがある。そのうちの貧困は、人間的な感覚からも許せない残酷と言われている。貧困とは、食の面では今晩食べるもののない状態を指し（それ以外の不足は本当の貧困ではない）、衣服としては身につけているボロがいつ何時本当に裂けて、使用不能になるかもしれないという状態になっていることを指す。

先進国のボロ・ファッションは、アフリカの貧困に対する痛烈な嫌みだ。通常の人間なら他人の不幸を楽しむという残酷はしないものだが、これは他人の貧困を楽しんでいる。

本当に貧しい人は新品の衣服を欲しがる。当然のことだ。ボロはいつ着られなくなるかわからないが、新品の服なら当分保《も》つからだ。こんな常識もわからずボロ・ファッションに飛びつく無知な日本人が増えたのである。

女性専用車ができ、痴漢はすぐに突き出される社会的な風潮になったのは、やはり痛快なことである。しかし女性たちの方にも問題はある。

最近のファッションは、衣服が本来持つ意味を多くの場合逸脱《いつだつ》している。美的な表現の面以外に、衣服は気候の寒暖を防ぐ。日本では保温が主な目的だが、酷暑の砂漠では暑さや砂を防ぐために厚い長着を着る。

しかし、最近では、この目的に大きな混乱が起きている。暑い時に無理して毛皮や襟巻きをつけたり、寒い時に太ももを露出したりする合理的でない服も許されるのは、ファッションデザイナーの作品だが、庶民は、幾分なりとも衣服が本来の目的を果たしていなければ自然に見えない。

もう一つの衣服の目的は、性的な露出を避けるということだ。人間は野生の動物と違って、普通は他者の視線の中では性行為は行わない。野獣のように性器を露出することも避ける、という暗黙の約束がある。

女性の化粧は、その人のよい印象を自然のままではなく、より健康的に、より明確にするためである。

しかし、この頃のお化粧の中には元の顔が想像つかないものもある。庇《ひさし》のような付けまつげ、人工的なアイラインなど、お化粧を落としたらその人が判別《はんべつ》できなくなるだろうと思うものだ。

その上に昔の人はよく電車の中で本を読み、それが「知的人間」として動物とは大きく違う点だった。しかし、今では読書などしたことがないような顔というものがある。私は人間に会うつもりで町に出る。動物は動物園で見るものなのだ。しかし町でも動物の牡《おす》と牝《めす》がたくさんいると、びっくりして疲れてしまうのである。

第 7 章

日本の生き残る道

日本は「職人国家」として生きよ

二〇〇八年、二週間ほど南仏とアルジェリアを旅行したとき同行したのは、平素は外国に住む二人の日本人で、私は彼らの熱狂的な日本食への執着のために、カバンいっぱいに日本の食材を詰めた。

そのうちの一人は夫が大学の先生をしていたときの教え子だったので、夫は親切を装って「彼にはあまり日本食を食べさせないように。普段食べ慣れないものを食べるとおなかを壊すから」と私に伝言した。

私がその通りに夫のイヤガラセを伝えると、彼は「小さな親切、大きなお世話、ですね」と言い返した。

しかし考えようによると、世の中のことは、家庭内の軋轢《あつれき》から職場の付き合い、教育や国際政治にいたるまで「小さな親切、大きなお世話」の連続だろう。人間も国家も、表面的善人ほど、他人の領域に正義や人間性を理由に口を出す。

アメリカがイラクのフセイン政権を正義と自由の名のもとに倒したのも、そのために数十万といわれるイラク人と数千人のアメリカ人が命を落としたのも、「小さな親切、大きなお世話」の結果だったといえなくもない。イラクの土地に住む人々はフセイン政権を嫌っていたが、イスラム教徒ではないブッシュに祖国を「いじられるのはごめんだ」と最初からはっきり言っていたのだ。

私たちの旅の後半はアルジェリアだった。

アルジェリアを横断する一二〇〇キロの高速自動車道路の三分の一の距離を日本の合同企業体が受注して、五〇〇〇人もの日本人技術者たちが入っていたので、七晩六日もその現場にいた間に、私はあちこちでアルジェリアと日本の文化的、心理的、技術的な差を話し合った。

正確、厳密、合理性などという要素の追求《ついきゅう》においては、アルジェリアはまだ日本と大きな差がありそうだった。フランスやアメリカやイタリアなどの政治の話も、土木の技術の話も、労務者の質の話もついでに出てくる。

私は今まではっきり意識していなかったが、世界の国々は次の三つの特性に分けられるということがわかった。

政治的（親分）国家

経済的（商人）国家

技術的（職人）国家

アメリカは政治的（親分）国家であると同時に経済的国家である。ところがアフリカの多くの独裁的色合いが強いだけで、ほかの売りは何もない貧しい国家もまた政治的国家なのである。

中国は今まで偉大な政治的国家と思われていたが、最近は破綻《はたん》の恐れもある経済的国家の色彩が強く前面に出てきた。シンガポールなどは最初から経済的国家を標榜《ひょうぼう》している。

あまたある世界の国の中で、日本は技術的国家、職人国家の代表と思われる。正直、誠実、辛抱強さ、金にはならなくとも職人としての技術への尊敬などが通る人間集団である。

何しろ日銀総裁が空席でも何とかやっていける国なのだ。ドイツはメルケルが日本より政治的国家としての色彩を強めているようだが、それでも職人国家の素質を日本とともに残している数少ない国家である。

この動乱の時を経て、もしかすると国家として最後までしぶとく生き残るのは職人国家なのではないかと私は身びいきで思い、しかしその職人国家を形成する日本人の、貧困を知らず忍耐のできない最近の精神の脆弱《ぜいじゃく》さと崩壊のきざしを、改めて深く（大きなお世話で）憂慮《ゆうりょ》したのである。

民主主義と「残りの世界」

この原稿を書いているのは、日付の上でバラク・オバマの第四十四代大統領就任式の日である。

オバマが就任したとき、麻生太郎《あそうたろう》首相は「大統領が誰になっても、日米関係は変わらない」という意味の発言をした。この粗雑な感覚で発せられた一言は、日米関係の温度を、少なくとも何度かは確実に冷やしたと思う。総理は「オバマ氏の若い力の登場を心から祝福したい。日米両国は力を出し合ってこの難局《なんきょく》を乗り切ろう。日本は誠実で働き者の国民と高度な産業界の技術を持っている国なのだから」と言うべきだったと私は思っている。

小説家としての私が一つだけ言い切れることがある。それはアメリカは一人の大統領を得たが、文筆の世界は、優秀なノンフィクション・ライターを失った、ということだ。オバマは、人権問題、アフリカ問題などについて、主観と客観との双方を十分に交えて書くことのできる世界で一流の書き手だということを、その著書の中で示している。それが大統領になってしまったことで、活躍する機会は減ったように見える。

オバマが民主党から大統領候補としての指名を受けたとき、日本のマスコミは、日本の政界、財界、ロビイストの中に、オバマとつながりがある人物が極度に少ないことについて危惧《きぐ》を示した。私は人脈を作るという発想をほとんど信じない。人脈というものは情報や利益を得る手段なのだが、使わぬときにだけ初めて確固《かっこ》としてできる。むしろオバマに関する情報のすべては、その自伝『マイ・ドリーム』の中に示されている。

この本は選挙目当てに書かれたものではない。二〇〇四年版の前書きに「初めて出版されてから十年という月日が過ぎた」とあり、「本書を執筆する機会が訪れたのはロースクール時代」であり、この出版は「期待と落胆が渦巻《うずま》く」中で、中間くらいの結果だった。「数カ月後、作家としての将来は期待できないと確信した」オバマはもとの世界に戻った。

オバマはアフガニスタンに兵力を転換するとしているが、これが大きな失敗の第一歩になるだろう。日本もアフガニスタン問題にだけはかかわってはならない。

なぜなら、アメリカの凋落《ちょうらく》はその理論上の無理が時代とともに明るみに出たからだと私は思う。民主主義だけが絶対の正義で、それ以外の族長支配に頼る「残りの世界」は、テロにまで通じる時代遅れ、人権弾圧の社会だと決めつけたことだ。

私自身も民主主義の落とし子で、その思想を好んでいる。しかし族長支配の世界の思想を敵に回すということは狭量だと思う。

オバマは黒人という血の故に、これからは「一族の要求は聞きいれるべきだ」という族長支配社会の強靭《きょうじん》な論理の攻撃にさらされる。彼らはまた族長社会以外の人々の介入、つまり派兵によって紛争《ふんそう》が解決されることなど全く望んでいないどころか、そんなことをすれば長い年月の恨みを後に残すことは目に見えている。彼らは良くも悪くも独自のやり方で数千年間、紛争を続けてきたのだ。

しかもオバマは、アメリカ的な合理精神の中に育った。一族の要求を聞き入れなければ、「残りの世界」の恨みは、オバマへの失望に集中して現れる。それがこれからのドラマだ。

国の力には「徳」も必要

私は若い時から、途上国を旅して歩いているうちに、何度も力について考えさせられた。今の日本では力があるということは、時々悪だと見なされる。現実にも、しばしば弱者といわれる人たちが強い場合さえある。生活保護を受けながら怠惰で働かない人を、国はどうにもできない。

しかし外国では、力がなければ生きていけない。外国の町も修道院も、古来、城砦《じょうさい》の形を取って身を守ってきた。商売も領土も力なしには守り切れない。力は使い方を間違えないという責任が厳しくつきまとうが、ないよりは当然あった方がいい。正義や人権を守るためにもあるべきものである。

私のような個人が外国旅行をすれば、それを毎日端的《たんてき》に見せつけられる。外交官や会社の社長のような、特別な権力者は別として、一般庶民の個人旅行は、飛行機に乗るのも、ものを買うのも、ホテルに泊まるのも、常に小さな戦いの連続という観すらある。

力の第一のものは、腕力や戦力などの直接的力である。今は知らないが、昔の板門店《ハンモンテン》の南北の共同管理区域では、見学者が北側の兵士に引きずり込まれたら、南側の兵士が腕力で取り戻す外はないのだと警告された。日本が拉致被害者を取り戻せないのも、つまりは北朝鮮が日本は戦力を行使できない国だと見抜いているからだ。武力は持ちながらも使わないことしか、有効な原則はない。

アフリカなどを旅行していると、突然、予約をしたはずのホテルで「あなたたちの部屋はない」と言われることがある。理由はあってもなくても同じだ。パない部屋はないのである。後は個人的な戦いで部屋を勝ち取るかどうかだ。パスポートの間に十ドル紙幣を忍ばせて渡し「もしかしてキャンセルは出てないかな」ととぼけて聞く。これが二番目の力である金力による解決である。金の力は誇ってはいけないが、決して侮《あなど》ってはいけない。国際社会の問題の、八〇%までは金力で解決する。

三番目の力は、人間力だ。嘘でもいいからその国の大統領と親しいとか、優雅な生活ぶりを匂《にお》わせたりすると有効な時もある。ホテルのフロントの女性にウィンクして「残念だなあ。今晩は君みたいな美人とコーヒーを飲みたかったのに」と囁《ささや》く。するとないはずの部屋が出てくることもある。

四番目、五番目の力として、最近は、徳の力、教養などを軽視できないようになった。一国の指導者が、国際社会でも抜きんでた強力な精神性、命を投げ出せる行動力、誰をも拒まない包容力、古典の素養、個人的な哲学、誰とでも魅力的な会話をこなせる魂の自由人としての姿勢などを備えていれば、一国の力は違ってくる。

力がなければ自国民は守れない。力の暴走《ぼうそう》を防ぐには倫理が不可欠《ふかけつ》だ。どちらもないのは最低である。

総理の演説原稿はなぜ凡庸か

野田佳彦《のだよしひこ》総理の、就任後初めての所信表明演説が、再びニュースになった。もう何度書いたかわからないが、歴代の総理の演説の、可もなく不可もない文章というのは、いったいどういう人が書くのだろう、と常々思っていたが、二

○一一年九月十四日付の毎日新聞の宮城征彦記者がその点をはっきり報道してくれたのは、やはりお手柄だったと思う。私は今まで書き手の名前やポストを、長年知りたいと思いつつ知ることはなかった。

「首相は演説を作成するにあたり、藤村修《ふじむらおさむ》官房長官に基本的な考え方や政策課題を伝えた」

「そのうえで各省の意見を募り、推敲《すいこう》を重ねた。首相周辺によると、実際に原稿をまとめたのは内閣官房の原勝則《はらかつのり》総務官で、首相と修正を繰り返した。政府高官は『内閣総がかり』だったという」

最初に言っておくが、総務官その他は、条文や通達《つうたつ》を書かせれば、実に完璧に仕上げる方たちなのだ。それは多くの一般人にはない一つの重要な才能だ。しかし人の心を打つ文章を書くという分野では、無理だったというか才能がなかった。

普通人間は自分の得意でないことは遠慮してしないものだ。だから霞が関の官僚は、自分に文章力がないと思えば、総理のスピーチを書く任を辞退すべきだったのだ。東大法学部的発想では、条文や通達さえ正確に書ければ、他の文章も書けると思っているらしいが、それは世間を知らない結果だと言うべきだろう。

一国の代表の就任演説や個々の場合のスピーチは、それによって世界にその国の意識や教養や思想を推し量られる資料になる。つまりそこには、指導者の哲学と美学が、全体にではなくとも、どこかで溢《あふ》れ出る部分がなければならないのである。内容だけ満遍《まんべん》なく触れているスピーチなどというものは、実は何も言っていないのと全く同じことだからだ。

首相の所信表明には、やはり国民一人一人がその立場立場において、烈《はげ》しく同感する部分がなければならない。同感は無難とは全く違う。同感という感動を与えるためには、特別に感動させる文章力が必要だ。

このスピーチの問題点は、誰もがよく知っていて、しかも同意しない人などいないと思われることしか書いていないという点である。だからいいのではない。それだけではだめなのだ、ということだ。「迅速《じんそく》、公平かつ適切な賠償や仮払いを進めます」「早急に具体化してまいります」「同じ地域に生きる者同士として信頼を醸成《じょうせい》し、関係強化に努めます」「意欲あるすべての人が働くことができる『全員参加型社会』の実現」。これらのことすべてを、望まないという人はいないだろう。つまり改めて言わなくても、誰もが考え望んでいることの羅列《られつ》である。しかも現実となると、迅速も、公平も、具体化も、信頼も、ふさわしい関係も、意欲あるすべての人が働くことも、実現しにくいことばかりだ。文章が力を持ち得ないのも致し方ないことだ。

総理は、どうしてこんな凡庸《ぼんよう》な文章しか書けないグループを、草稿の責任者にしたのか。一刻も早く、昔から心のうちをよく知る親しい友人の中から、プロ級の文章の達人を選んで、以後その人と最後の文体の仕上げをすることだ。

幸運な日本の地理的条件

日本という国がどれほどありがたい自然の状況にあるかということを、多くの日本人は、ほとんど考えたことがないのかもしれない。

日本を含む東南アジアで時々激しい夕立に遇《あ》うと、私はサウジアラビアやクウェートの人はこれを見ただけで腹が立つだろう、と考える。

それらの国には、地下に莫大《ばくだい》な石油が眠っているとしても、降雨量は極めて少ない。野菜は温室ならぬ人工冷室の中に植え、その一本一本の苗の根本に、一滴ずつの真水が垂れるようになっていた。水は海水を真水に変える操作が要る。日本のように自然の恩恵を甘受していることはできない。

オイルはマネーになるかもしれないが、人間はオイルを飲んで生きることはできない。天然の真水が十分に供給されるということは、イスラムの人たちの概念から言っても天国の境地である。

ある国が、他国と陸地で国境を接していない、ということは、誰も意識的にそうしたわけではないが、実に大きな幸運なのである。

南アフリカ共和国の北東部にはクルーガー国立公園という途方もなく大きい

野生動物保護区がある。長さ三四〇キロ、幅は八〇キロもあるというから、私たちの国立公園という概念では、とうてい計り切れない。この国立公園はジンバブエやモザンビークと国境を接しているが、隣接した国から難民たちが流れてゆく話を聞いた。

とにかく難民は鍋や衣類や食料を持って、地続きならどこへでも戦火を避けて歩く。大地が繋《つな》がっている限り、彼らは危険を避けて歩き続ける。その中には、知らず知らずのうちにクルーガー公園に迷い込んだ人もいた。別に鉄条網や塀がずっと張りめぐらされているわけでもないらしい。あったとしても、命の危険を逃れるためなら、どんな境界線も乗り越えるだろう。その結果、ライオンに食べられた人も結構いた、というのである。

南アの北東には、モザンビークとの間に小さな王国がある。エスワティニと言い、私は一九九四年、当時、国連難民高等弁務官でいらした緒方貞子《おがたさだこ》さんの取材記者として随行《ずいこう》したのである。

王さまはムスワティ三世。イギリスのドーセットで勉強した。だから完全な英語を話す。もっとも、当時、既にお妃《きさき》は五人おられ、現在は十一人以上だという。この王国の当時の人口は多分一〇〇万人を少し切っていた。

そこへ三万四四五〇人の難民を受け入れた。日本の人口比に直すと、四二〇万人もの貧しい難民を受け入れた勘定だ。若い王は貧しい国民のことなど考えずぜいたくをしているという説もあるが、難民の保護は「父の当然の行為」とし、各家庭にヤギなどを与えた。スワジランドは裕福な国と言っても一人当たりGNI（国民総所得）は二五〇〇ドル余。日本は四万ドルである。しかるに、日本の一年間の難民認定数は一〇〇人以下だ。

ドナウ河の水利権の複雑さや、先日、北朝鮮が臨津江《イムジンガン》の水を急激に無断放流して韓国側に危機感を与えた件など、一本の河の流域を何カ国もで共有する苦悩はどれほどのものか知れない。すべての問題をとにかく自国内で解決できる幸運は、例えようもなく大きいものだと自覚すべきだろう。

選挙のたびに抱く複雑な思い

いつも一人っきりでする仕事に馴《な》れているので、私は組織的に力や人を動かす仕組みをよく理解できないらしい。政治もその一つである。そのせいで、いつも選挙のたびに、不思議な思いになることがある。それは組織票が「動く」と思われていることである。自分の属する会社や組織や信仰のグループなどが推す立候補者に一票を投じるという、その不気味《ぶきみ》な素直さが私には信じられない。

もちろん組織を指揮する人が実際に魅力的な人物だということもあるだろう。しかしそう思えない場合もあるはずだ。そんな時、私だったらどんな指示を受けていても、投票する時には、自分の好きな候補者の名前を書く。日本の選挙のやり方では、誰が、誰の名前を書いてもわかるわけがないのだから、決して組織の指示通りには行動しない。教育も良識も十分にあるはずの一般国民に、それくらいの自立性というものがないとは信じられない。選挙になると、ある政党が組織票目当ての政策を立てている、などとマスコミが書くのは果たして本当なのだろうか、と今でも疑っている。

残念ながら、まだ一度も受けたことはないのだが、私は買収も受けてみたいものだ、と実は思っている。私の政治音痴につけこんだのだろう、どこそこの県では、立候補者が配るおにぎりの中に一万円札が入っている、と私に教えた人がいて、私は半ば信じかけた。しかしそういう買収なら、ぜひ受けようと心に決めている。おにぎりも食べ（そんなもの、汚くて食べられるか、という人もいるが）、一万円札ももらい、しかしそれをくれた人には決して一票を投じない。この原則さえ守れば、私は買収撲滅《ぼくめつ》に力を貸していることになるはずだ。

私が政治家というものを信じられないのは、やはり自分の勢力を伸ばすためには妥協をすることである。少なくとも本当のことを言えないで暮らすことに耐えられる性格だということだ。選挙という一種の人気投票の制度がある限り、このおもねりの傾向から完全に逃れるすべはない。

先日イギリスのブラウン前首相は、遊説《ゆうぜい》先で労働党支持者の女性と笑顔で応対し、その着ている服まで「趣味のいい服を着ていますね」とお愛想に褒めたのに、自分の車に乗り込むや、胸に民放のマイクがついていることを忘れ「最悪だ。あんな偏屈女に会わせたのは誰のアイデアだ！」と悪態をついた。その一言が洩《も》れて世論調査の支持率は最下位に落ちた。

忙しい首相の都合も考えず、自分の意見を述べにやってくる中年女性に対して、「あの図々しいばあさんは何だ！」くらいのことは世間のどの男でも言っているだろう。それが政治的生命を左右する。私の周囲には、こんな虚偽的《きょぎてき》な人間関係と会話の中に生きている人はほとんどいない。

「橋下徹」という見世物

『週刊朝日』は二〇一二年十月二十六日号に掲載した橋下徹《はしもととおる》大阪市長についい

ての佐野眞一《さのしんいち》氏の記事を謝罪し、連載の中止を表明した。品性の卑しい記事というものは他にもたくさんあるが、これほどのものは珍しかった。

私が一見して驚いたのは、問題の号の表紙にわざわざ「ハシシタ」という字が躍っていたことだ。

私は六十年近く書き続けているが、今でも時々いやになるのは、誤って人名を記載することだ。そういう場合の後味《あとあじ》の悪さは数日経っても消えることがない。ことに橋の下という日本語には悪い意味がある。わざと相手の名を変えて記すということには、相当な悪意があると思われても仕方がない。

私は橋下氏に会ったこともなく、タレント弁護士だったという時代のテレビも見たことがない。だから最近橋下氏のことについて意見を聞かれても、全く答えられなかった。

私が今ここで述べることは、報道によって、氏自身の言葉として述べられたものによる。

橋下氏に人気が出たのは、民衆が戦後の民主主義、平等主義、人道主義の偽りの部分にうんざりしてきたからだろう。つまり人の心の中には、平等に生きたいという志向と、独裁者を期待する要素とがある。穏《おだ》やかな毎日に感謝する日と、闘ってでも自己主張したい時がある。

アフリカで会ったある白人は、「この国には、よい独裁者《グッド・ディクテーター》が要る」と私に言った。独裁者というものはすべて悪だというのが日本人の考え方だから、「よい独裁者」という言葉に私は衝撃を受けた。しかしあり得ることなのだろう。ただ、今のところでは、橋下氏が「よい独裁者になる」ことを期待するのは難しい。「喧嘩《けんか》だけは自信がある」と言うのはほんとうだろうが、その場でねじ伏せて勝つ喧嘩は、本当の賢人《けんじん》のやることではない。自ら「こんなチャーミングな独裁者がいますか?」と冗談を言ったらしいが、「こんな幼稚な独裁者がいますか?」と言うべきだったろう。

氏がチャーミングでない理由は、恐れを知らないからであり、謙虚さともほど遠いからだ。この二つは、一つの叡智《えいち》であるが、氏の言動は突っ張っていて、まだそのようなものの気配が感じられない。

市長と党代表の掛け持ちをすることについて「そんなことができますか？」という質問を受けた氏は、「寝る時間を割けばいい」という意味の答えをしていた。たかが小説でも、眠らないで書けば駄作になる。

アメリカのアップル社の創業者の一人であるスティーブ・ジョブズ前会長は、ちょうど一年前、わずか五十六歳で死去した。現世では世界的な富も評判も才能に対する称賛も、すべてを手に入れ、思うようにならなかったことなどなかったようにみえるジョブズ氏も、死病を知らされたときには、こんな無法な運命が待っていたのか、と思ったことだろう。そうした横暴な運命に対する恐れを想像できないということは、つまり弱さであり、才能の限界なのである。

橋下氏と対立する勢力は誰と誰なのか私はよく知らないが、氏のこの不遜さこそ、氏を倒せるアキレスの腱《けん》だといえる。橋下氏が自信満々でいる限り、失墜《しっつい》させる機会は十分すぎるほどある。私はどちらの味方でもないから、氏の生き方を楽しみに眺めるつもりだ。

デモとストへの基本的な疑問

第二次世界大戦が終わった頃の記憶が少しでもある老世代は別として、今の多くの日本人は「秩序」というものしか知らない。もちろん地震や地滑りなどの災害はあるし、放火や無差別殺人をする犯罪者も常にいるのだが、それでもそれは例外的な異常事態として捉えている。

しかしシリアに見られる不安定な政情では、政府と反政府との対立が庶民をまきこみ、双方の正義の戦いという名の下に、民家を破壊し村民を殺している。尖閣・竹島問題が引き金になっただけで、中国や韓国のデモ隊は日本の国旗を燃やしたり二国間の友好的な催《もよお》しを中止する。

社会が不景気だというせいもあって、私はこのごろ、とにかく誰のいかなる理由にせよ、デモとストは、人間の生活の足を引っ張るものだと思うようになった。デモに時間を取られて働く人が減れば、国の体力が失われるのは当然だ。

闘争の手段として使えるものを壊したら、それだけ貧乏になるのも当たり前だ。一般的に人間というものは、衆をたのめば、平気で破壊活動も、略奪《りゃくだつ》も、レイプもする。日本人も恐らく同様だろう。自戒を弱めないことだ。

一九七三年、もうずいぶん昔のことになったが、私は偶然、アジェンデ社会主義政権が倒れた直後のチリにいた。正当な選挙によって選ばれたこの初の社会主義政権は、国のほとんどを占めるカトリック教徒たちもずいぶん期待していたのである。私の友人のカトリックの修道女でさえ、熱い思いをアジェンデ政権に託《たく》していた。しかし革命直前の社会状況は、ひどいものだった。

社会主義政権下では、一般市民は左翼連合（ウニダード・ポプラール）と呼ばれた与党政権の幹部に権力を奪われていた。政府は国営の銅鉱山から外国人の技術者を追い出したので、雇用も収益も減った。一方、左翼連合の党員たちは、不足しているアパートにも真っ先に入り、パンも並ばずに買い、貴重なガソリンも裏から手に入れていた。人間のやることはどこでも同じなのである。

彼らは就業時間中にも会議やストばかりして働かない。一般国民も働かない点では同じだった。パンも買いにくく、公共のバス路線さえ途絶《とだ》えがちになったせいだが、「大臣の馬鹿（ミニストロ、トント）！」と叫びながらデモばかりしている。つまりどちらも現実に労働をやめたのだ。人が働かなくなって生産が止まれば、国家も社会も弱体化する。

アフリカでも始終デモは盛んだ。もちろん汚職体質の政府を非難し、働く場所を求めてのことだろうが、参加者がずっと踊っている光景も珍しくない。この点について私は初め誤解していた。私は純粋の日本人だから「踊っている場合か！」と思ったのである。ところが後年、アフリカ人たちは、嬉しくても悲しくても踊り出す生理を持っているのだ、と読んで、こういう点では理解が足りなかったと反省したのである。

私は今でも、「働かなければ食えない」という貧しい時代の原則的実感の中にいる。もちろん私も、デモやストの社会的意味は知っているが、経済の原則もまた無視できない。理由は何であれ、働かない人が多ければ、国家も社会も会社も家族も貧しさに陥《おちい》るのは当然なのだ。

日本の逼塞状況を変えるには？

日本の状況すべてが行き詰まり、息詰まっている。政治にも経済にも、個人の生き方にも、勢力《せいりょく》（精力）が失われたまま、どうにもならない。私はこの生命の流れを反対の方向に向ければ直せると思うのだが、世間は恐らくそれを認めないだろうから、病は重症のままだ。

現在の日本人はすべて求心的、内向的なのである。これを外側へ向けてやればいいのだ。若者は外国へ行くのを嫌う。戦乱や誘拐や病気など危険が多いから、行くのは嫌だ、という。昔から「虎穴に入らずんば、虎児を得ず」という真理があることを知らない。

時々役人根性に触れて驚く。何とかして「ことをし遂げよう」ではなく、できない理由を述べて責任を逃れ、経歴に傷がつかないことだけを考えている怠け者が多い。

学生たちは自分が本当に何をしたいかを考えない。ノーベル賞が化学賞に与えられれば、化学系の学部を選ぶ学生が増えたという。情けない話だ。人生は危険を冒《おか》しても自分の好みで決めるものだ。

貧困の定義は「今夜食べるものがない」ことだが、弁護士にも学者にもこの繁栄した日本が貧困だという人がいて、あらゆる制度を使って国家から金をもらおうとする寄生《きせい》人間の後押しをする。

人は、国家、社会、他人などから権利としてもらっている間は、必ず不満を覚える。自分より少しでも多くもらう人を許せない。感謝どころか、不満、憎悪、悪知恵のすべてが、もっぱら内側の日本国家や社会や知人に向けて放たれる。

戦後の日本人をダメにしたのは教育である。「人間の権利とは要求することだ」と教え、「他人のために働くことは資本主義に奉仕することだ」と言った人たちが日本を崩壊《ほうかい》させた。他者のために働けるのは、動物とは違う人間の魂の偉大さを示す一つの指標だが、そんなことは全く教えなかったのだろう。

外国を知らないから、外国人もすべて日本人と同じ思考なのだろう、と思う。清潔な水と安定した電力の供給を受け、警察も流通機構もしっかりした土地で暮らす日本人にはとうてい考えつかないような、悪、貧困、暴力などが世界にあることを考えられない。ひたすら日本という島国の中で、井の中の蛙《かわず》の視線でものごとを考える。せめて知識として、できれば体験として十分に悪を学ばせる教育をすることだ。

今すぐにも国民総背番号制度を採用すれば、かなりの問題が安全に安価に解決する。国民が国家の制度を利用するなら、ある程度のプライバシーは放棄《ほうき》して当然だ。

十八歳で、すべての国民を一年間奉仕活動に動員すれば、若者は心身共に強くなって帰ってくるだろう。その間、携帯を取り上げ、テレビも限定した番組だけ、大部屋で共同生活をさせる。これくらいの荒療治ができれば、大きな変化も望める。しかし教育はすべて自発的であるべきで強制はいけない、という間違った原理で反対する人が多い以上、これも決して実現しないだろう。ひ弱で覇気《はき》のない「草食系」人間を温存する教育は、放置《ほうち》されるままになる。流れを反対方向に変えない限り、日本人の精神の逼塞《ひっそく》状態は続くことを予言する他はない。

「正す」べきものを見つめる

「正す」という言葉がある。正しい方向に直すということ。実を言うと、私はあまり好きな言葉ではない。いろいろな事情で、なかなか正し切れないことが多いし、簡単に「はい、正します」などといえることなら、最初から間違わなかった、という感じが強い。

「ただす」と発音する行為には、ほかに「糾す」「質す」という字を当てるべきものもある。

「糾す」は、罪科の有無を追及することである。もちろん「己が罪」を糾明《きゅうめい》するという場合もあるはずだが、世間で使われているのは、自分ではない、誰かの悪い点を追及するという場合が多い。

「質す」は質問して確かめることである。だから当然他人に対して行う行為である。この場合、自分は正しく、他人は間違っているという含みがある。それに人間というものは、本来、自分に都合の悪いことは、聞かれても言わないのが普通だ。まあ、どれも、するべきことかもしれないが、あまり楽しい仕事ではない。しかし、である。政治や経済の大筋のことは、やはり正しておいた方がルールがはっきり見えて楽だろう。私は幼時にも若いころにも、親からいろいろなことを教わった。お金についての態度も「無駄をしてはいけない」と言われたから、私は今でも何一つ食料を捨てない。残り物料理ばかりうまくなった。

「借金をしてはいけない。欲しいものがあったらお金を貯めてから買いなさい」とも言われた。ローンなどという英語は誰も知らなかった時代だ。今はローンと借金は違うものだ、と思っている人さえいる。借金は悪いものだった。

ローンを組めば、結局高い買い物をすると誰も教えなかったのか。

昔は「高利貸《こうりがし》」という言葉には独特な批判と差別があった（もっとも子供の私は「氷菓子」だと思っていたのだが）。高利貸のような阿漕《あこぎ》な仕事は、人間として恥ずべきもの、という観念を植え付けられた。しかし今では、職業を差別してはいけないというので、一流銀行が高利貸と同じような金融業務を平然と行うようになった。そのとき、私は世も末だ、と思ったのだ。高利貸のことを、英語では「借金鮫《ローン・シャーク》」という。

それというのも、せいぜい借金を作っておけば、遺産相続のとき得《とく》になるから、と一時皆が言い、私もしきりに勧められたことがあったが、わが家では夫婦ともども小心でケチだったので、税制の得には心を動かされないことにした。友人に言わせると、最近では、そういう節税の方法がなくなった、というのだが、私にはいつ政府が国民を裏切ったのかわからない。

そういう悪知恵を国民に与えた政府にも道徳的責任がある、と私は思う。家庭がうちで炊事をしなくなり、ご飯も炊かなくなったので、米が売れなくて米価も安くなった。その結果、農家は米を作っても儲《もう》からないので田んぼを放置した、というのならまだわかるが、休耕《きゅうこう》すれば金をもらえる制度を作ったのは、道徳的堕落そのものだ。農水省は農民の精神を破壊した。

キリスト教では、正義とは、神と人との折り目正しい関係を指す。すべてのものの関係は、正さないとどんどん腐《くさ》るのである。

曽野綾子
その・あやこ

1931年東京都生まれ。作家。聖心女子大学卒。『遠来の客たち』(筑摩書房)で文壇デビューし、同作は芥川賞候補となる。1979年ローマ教皇庁よりヴァチカン有功十字勲章を受章、2003年に文化功労者、1995年から2005年まで日本財団会長を務めた。1972年にNGO活動「海外邦人宣教者活動援助後援会」を始め、2012年代表を退任。『老いの僥倖』(幻冬舎新書)、『夫の後始末』(講談社)、『人生の値打ち』『私の後始末』『孤独の特権』『長生きしたいわけではないけれど。』『新しい生活』『ひとりなら、それでいいじゃない。』『90歳、こんなに長生きするなんて。』『結局、人生の最後にほしいもの』『少し嫌われるくらいがちょうどいい』『幸福は絶望とともにある。』『今日も、私は生きている。』(すべてポプラ社)などベストセラー多数。

本書は、2016年7月に刊行された『さりげない許しと愛』(海竜社)に大幅に加筆修正したものです。

編集協力　髙木真明
デザイン　bookwall
カバーイラスト　みやしたゆみ

愚痴のすすめ

2024年3月18日　第1刷発行

著　者　曽野綾子
発行者　加藤裕樹
編　集　碇　耕一
発行所　株式会社ポプラ社
〒141-8210　東京都品川区西五反田3-5-8
JR目黒MARCビル12階
一般書ホームページ　www.webasta.jp
印刷・製本　中央精版印刷株式会社

N.D.C.914／222p／18cm　ISBN978-4-591-18131-7

P 8008453